Jakob Loewenberg

Aus jüdischer Seele

Tabea, Silvia, Gudula und Hermann gewidmet

Jakob Loewenberg

Aus jüdischer Seele

Ausgewählte Werke

Mit einem Vorwort von Günter Kunert
herausgegeben von Winfried Kempf

Loewenberg, Jakob:
Aus jüdischer Seele: ausgewählte Werke/ Jakob Loewenberg. Mit einem Vorwort von Günter Kunert, herausgegeben von Winfried Kempf.

1. Auflage 1995 | 2. unveränderte Auflage 2011
ISBN: 978 3 86815 535 8
© IGEL Verlag *Literatur & Wissenschaft*, Hamburg, 2011
Umschlaggestaltung: Alexander Zajons; Coverbild: „Berliner Licht" von owik2, Photocase.com
Alle Rechte vorbehalten.
www.igelverlag.com

Igel Verlag Literatur & Wissenschaft ist ein Imprint der Diplomica Verlag GmbH
Hermannstal 119 k, 22119 Hamburg
Printed in Germany

Die Deutsche Bibliothek verzeichnet diesen Titel in der Deutschen Nationalbibliografie.
Bibliografische Daten sind unter http://dnb.d nb.de verfügbar.

Inhalt

Günter Kunert: Vorwort 9

AUS JÜDISCHER SEELE. GEDICHTE

Lieder eines Semiten

Mein Vaterland 15
Freiwild..15
Aus der Schule 16
Woher?...17
Semit..17
Ein Freund Israels 19
Euch klag' ich an 20
Umsonst...20
Getauft...21
Blut 22
Wann endlich? 23
Ahasver..25

Zu Hause

Hasenbrot..27
Des Vaters Gebetbuch 29
Am Meer..30
Sabbathruh!...31
Alles zum Guten 32
Frühlingsmahnung 33
Ein Geburtstag 34
Ein neues Haus 34
Auf einem alten Wege 36
Im Kreise 38
Meinem Jungen...38

ERZÄHLUNGEN VON STILLEN HELDEN UND AUS WESTFALEN

Die Schwester 49
Moje
    Eine Erzählung aus der Cholerazeit 53
Die schwarze Riwke 65
Der Davidskolk 79
Die Geographiestunde 85

ABENDLEUCHTEN. LIEDER UND BILDER

Dünengräser 119
Strandgut 119
Zum Licht 119
Die Welle (Zum neuen Jahrhundert.) 120
Der alte Korb 120
Frühling in der Großstadt 121
Die Schere 122
Großstadt 122
Ein Frühlingstag 123
In der Frühe 123
Mein Land 124
Ein Schöpfungstag 124
Im Garten 125
Ich war zu Heidelberg Student 125
Andewandrut 126
Steinklopfer 127
Morgen 128
Eine Scholle 128
Im Watt 129
Halte, was du hast 130
Heideweg 131
Mit dem Spaten 132
Eulenspiegel 132
Swinegel 134
Die Schullinde 134
Ferien 135
Leben 136
Die Roggenmuhme 136

Ein verfluchter Kerl 138
Auf der Straßenbahn 139
Fürs Vaterland 140

BITTEGRÜN. KINDERGESCHICHTEN UND KINDERGEDICHTE

Bittegrün 145
Laterne! Laterne! 147
Mutschi 149
Auf der Straße.. 151
Ecke Neckepenn 152
Ännchens Himmelfahrt.. 160
Die Sonnenblume... 161
An der Straßenecke.. 166
Weihnachten bei den Großeltern 167

Von ihren Leuten wohnt hier keiner mehr.. 169

BIBLIOGRAPHIE

Jakob Loewenberg: Werke 171
Quellenverzeichnis... 172

*Seine Mutter Friedchen, geb. Rose * ca. 1812 o. 1819 † 1888*

GÜNTER KUNERT

Vorwort

Gedankenlosigkeit bewirkt oftmals Kränkung eines anderen, ja, seine Diskrimierung. Eine Bezeichnung wie „deutsch-jüdisches Verhältnis" reproduziert, ohne daß es sogleich bemerkbar würde, die alte Ausgrenzung der Juden aus der Gesellschaft, indem sie sie von den „Deutschen" sprachlich separiert. Dabei waren die jüdischen Deutschen, man kann es nachlesen, oftmals nationaler gesonnen, gar patriotischer, konservativer als weite Kreise des deutschen Bürgertums

Das mit den Römern ins nördliche Europa versetzte antike Volk hatte seinen Ursprung längst hinter sich gelassen. Nach dem Fall der Ghettomauern und der zögernd gewährten rechtlichen Gleichstellung sowie mit dem Beginn der Emanzipation setzte die sich immer mehr beschleunigende Assimilation ein. Trotz antisemitischer Behinderungen wurden die Juden nach und nach zu „normalen" deutschen Bürgern, die sich in ihrer übergroßen Mehrheit das Wohl des eigenen Landes angelegen sein ließen.

Ich wage zu behaupten, daß die deutsche „Identität" der Juden gefestigter gewesen war, als die der Bevölkerungsmajorität. Denn die jüdischen Deutschen bezogen ihr Selbstverständnis in einem stärkeren Maße aus der deutschen Kultur, da sie traditionell dem Wort, dem Schrifttum enger verbunden waren, als man es in Deutschland gemeinhin zu sein pflegte. Daher war es kein Zufall, daß die Anzahl der Juden in den sogenannten geistigen Berufen besonders groß gewesen ist. Einen hohen, den Antisemiten verhaßten Prozentsatz bildeten Ärzte und Rechtsanwälte, Pädagogen und Wissenschaftler und, was vor allem den Rassefanatikern ins Auge fiel, Journalisten. Hinzu kommen Schriftsteller, Essayisten, Philosophen. Wie nie vordem, nämlich vor 1933, lebten in Deutschland derart viele bedeutende Denker jüdischer Provenienz. Um nur einige Namen zu nennen: Walter Benjamin, Theodor W. Adorno, Max Horkheimer. Die „Frankfurter Schule" war ein deutsches Phänomen.

Erinnert sei an die Welt des Theaters, an ihre bedeutenden Regisseure und Schauspieler, an den Film, an die Kabaretts – bis mit einem vernichtenden Schlag diese Welt abrupt zerstört wurde. Danach war nichts mehr so, wie es einst gewesen war.

Bernhard Guttmann schrieb nach dem Kriege in einem Aufsatz „Das Schicksal der Juden" mit voller Berechtigung:

„Bei keinem Volk wie den Deutschen waren die Juden mit dem Boden und dem einheimischen Stamme so verwachsen, hatten sie sich mit dem nationalen Dasein so identifiziert. Die Idee der Assimilation ist bis ins Mark getroffen; aufs neue hebt die Zeit der abgesonderten jüdischen Existenz an."

Um nur ein Beispiel für das gewaltsame Ende dieser Assimilation zu wählen: Der Pädagoge und Schriftsteller Jakob Loewenberg und sein Werk bietet sich uns als Demonstrationsobjekt dar. Vor rund hundertundvierzig Jahren in Niederntudorf bei Paderborn geboren, gelingt es ihm, sich später seinen Berufswunsch zu erfüllen: Er wird Lehrer. Zugleich jedoch wirkt er daneben noch anfänglich als Vorbeter jüdischer Gemeinden. Dann studiert er in Marburg, promoviert zum Dr. phil. und wird, wie es in seiner Vita heißt, Lehrer an der Realschule einer Evangelisch-Reformierte Gemeinde, wo er jedoch ausschließlich Französisch und Englisch unterrichten darf, weil die „Gesinnungsfächer" Deutsch und Geschichte „echteren" Deutschen vorbehalten sind. Ab 1889 beginnt er zu schreiben, Gedichte und Erzählungen, die sich mit dem Judentum, mit dem ländlichen Leben von Juden befassen. Er entwickelt sich zu einem erfolgreichen, vielgelesenen Schriftsteller und stirbt – zu seinem Glück – 1929, so daß ihm erspart bleibt, seine Bücher auf Hitlers Scheiterhaufen brennen zu sehen. Das Feuer, in dem eine Epoche untergeht, verzehrt auch jede Erinnerung an Jakob Loewenberg. Während die Celebritäten der deutschen Literatur und der Geisteswissenschaften, so ihren Büchern das gleiche Schicksal widerfuhr, nach 1945 mehr oder minder phönixhaft aus der Asche ihrer Werke ins Licht der Öffentlichkeit zurückkehrten, taucht der Name Loewenberg nicht wieder auf.

Erst jetzt, nach fünfzig Jahren, findet seine verdienstvolle Wiederentdeckung statt. Aber – und damit beziehe ich mich auf das erwähnte Demonstrationsobjekt beendeter Assimilation – dieser „Fall" Loewenberg impliziert weitaus mehr als einen Einzelfall. Denn angesichts dieses fast archäologischen Vorganges setzt sofort die Überlegung ein: Wieviele Loewenbergs harren noch unter dem Schutt der Gegenwart ihrer „Auferstehung"? Wieviele Autoren jüdischen Glaubens oder jüdischer Abstammung warten eigentlich noch darauf, in das Gedächtnis unserer Zeitgenossen zurückgerufen zu werden? Die Ausrottungsmaschinerie hat ja nicht allein die Menschen erfaßt und beseitigt, sondern zugleich auch eine nicht abschätzbare Zahl ihrer künstlerischen Bekundungen. Wir kennen nur die bekanntesten unter den Opfern. Doch jene aus der zweiten, aus der dritten Reihe, die weniger Namhaften, fehlen zur Gänze in unserem Bewußtsein. Ganz zu schweigen von den Talenten im Verborgenen, von den jungen, aufstrebenden Begabungen, denen keine Entfaltung, keine Publizität vergönnt war.

Und eine zusätzliche Überlegung stellt sich ein, bedingt durch das Beispiel Loewenberg, von der ich meine, daß sie nie in den Debatten über den Holocaust ausgesprochen wird: Daß der Durchschnittsbürger sich keinesfalls je darüber klar wurde, was Hitler ihm ganz persönlich angetan hat. Denn mit den Juden verschwand ein vitales Geistesleben, eine spezifische und faszinierende Intellektualität, und zwar für immer. Dieser Verlust, von nur wenigen bemerkt und betrauert, birgt auch den partiellen Verlust von Zukunft in sich. Der Mangel an dem besonderen jüdischen Element, einem „Salz der Erde" fällt nur dem auf, der schärfere Augen und eine größere Sensibilität besitzt, als es in diesem unserem Lande gang und gäbe ist.

Freilich: Diesen Verlust allgemein kenntlich zu machen, bedarf es der Aufklärung über das Verlorene. Deutschland hat einst ein unermeßliches Vermögen an menschlicher Substanz verspielt, ohne Chance, sie jemals durch einen neuen Einsatz wiederzugewinnen.

Jakob Loewenberg bei einem Besuch in den USA mit seiner Schwester Regina, geb. 2.12.1843 in Niederntudorf und seinem Bruder Isaac, geb. 22.6.1855 in Niederntudorf. Beide emigrierten in die USA. (1893)

Aus jüdischer Seele

Gedichte

Jakob Loewenberg und Jenny, geb. Stern auf der Hochzeitsreise (1895)

Lieder eines Semiten

Mein Vaterland

Mein Vaterland! Wie's mich durchschauert
Bei deines Namens heil'gem Klang!
Mein ward, um was ich tief getrauert
In finstrer Zeiten Sturm und Drang.
Nicht bist du frei mir zu gefallen
Als Menschenrecht, als göttlich Gut:
Ich habe heiß um dich gerungen
In schwerem Kampf mit Schweiß und Blut.

Und schallt es nun aus Red' und Schriften:
Du Fremdling, fort, aus unsern Reih'n!
Das Leben könnt ihr mir vergiften,
Die Seele bleibt mir treu und rein.
Ihr könnt mir das Gefühl nicht rauben,
Das freudigstolz die Brust mir schwellt;
Trotz euer: *Deutschland über alles*,
Ja, über alles in der Welt!

Freiwild

Ich wähnte mich von Recht umfriedet,
Geborgen von der Freiheit Schild,
Da trieb euch frevle Lust zur Hetze:
Ihr wart die Jäger, ich das Wild.
Ihr scheuchtet mich aus meinem Frieden,
Verfolgtet mich von Ort zu Ort,
Und wenn ich vor Verzweiflung stöhnte,
War's euch ein frommer, edler Sport.

Jagt zu, jagt zu! Schwingt eure Waffen,
Die ihr mit scharfem Gift geätzt,
Und wenn das Weidwerk euch gelungen,
Wenn ihr das Wild zu Tod' gehetzt,
Wenn's mit dem letzten Blick noch fordert
Die Sühne für den Friedensbruch:
Dann betet zu dem Gott der Liebe
Und holt des Pfaffen Segensspruch!

Aus der Schule

Mein Kind kam heute von der Schule her,
Den Kopf gesenkt, das Auge thränenschwer.
„Was ist dir, Junge? Dich drückt eine Last,
Sag frei heraus, was du verbrochen hast."
Da schmiegt er sich in meinen Arm hinein:
„Ist's denn so schlimm, o Vater, Jude sein?"
„Ein Schicksal ist's und eine schwere Pflicht,
Mein Kind, was Buben sprechen, acht' es nicht."
„Der Lehrer selber hat es vorgebracht,
Die ganze Klasse hat darob gelacht."

So war's bisher noch immer nicht genug,
Was grimmer Haß an gift'gen Früchten trug?
Fällt auch die Kindesseele, rein und klar,
Ein Opfer auf des Molochs Blutaltar?
Mann gegen Mann! ist auch der Kampf nicht gleich;
Mann gegen Kind – das ist ein schlechter Streich!
Das ist Verrat an kindlichem Vertrau'n,
Ist Schändung, Mord, – mich packt ein wildes Graun.
Ihr habt verhöhnt mich, habt mich angespien,
Bedauert hab' ich euch und euch verziehn.
Ich war zu stolz, wes ihr euch auch erfrecht, –
Um meines Kindes Thränen heisch' ich Recht!

Woher?

Gewiß, wir sind nicht schuldlos, wir wollen es nicht sein,
Wir wissen's selbst, von Flecken ist unser Kleid nicht rein.

Ihr zeigt darauf verächtlich, verklagt, verhöhnt uns schwer,
Doch von den strengen Richtern kein einz'ger fragt, woher?

Woher? Ich will's euch sagen: Der Weg war rauh und weit,
Den wir so lang' gezogen in Elend und in Leid.

Vertrieben aus der Heimat, vom stillen Herd verbannt,
Gleich Horden wilder Tiere gehetzt von Land zu Land.

Nicht Ruh', um aufzuatmen, nicht Rast ward uns geschenkt,
Die Scholle selbst verstieß uns, die unser Blut getränkt.

Stets hinter uns die Meute: Der Haß, der Glaubenswahn;
Das Grab allein die Zuflucht auf uns'rer Leidensbahn.

Wenn nun vom Schlamm des Weges, vom Schweiße und vom Blut
Nicht alle Flecken tilgte der neuen Zeiten Flut,

Habt ihr ein Recht zu höhnen, zu schmähen liebeleer?
Schlagt an die Brust euch selber und fragt: Woher? woher?

Semit

„Semit! Und fühlst du nicht die Schande,
Errötest du nicht bei dem Wort?"
„Ich fühl's. – Ich zog von Land zu Lande,
Ich wanderte von Ort zu Ort;
Doch ob ich in der Heimat Fluren,
Ob fern den Frieden ich gesucht:
Allüberall fand ich die Spuren
Von jenem Volke, tief verrucht.

Trat ein ich in der Schule Hallen,
Was lehrte man in frommer Glut?
Daß sichtbar Gottes Wohlgefallen
Auf dem Semitenvolk geruht,
Daß seiner Lehre heil'ge Flamme
Der sünd'gen Menschheit Leuchte war,
Und daß ein Weib von diesem Stamme
Der Welt den Heiland einst gebar.

Und wenn ich meine Schritte lenkte
Zu jener hehren Stätte hin,
Wo der Bedrückte, der Gekränkte
Sucht seines Rechtes Hochgewinn:
Worauf war das Gesetz gegründet,
Nach dem man Urteil sprach und Recht?
Auf jene Lehren, die verkündet
Einst dem semitischen Geschlecht.

Horch, Jubelhymnen fröhlich klingen
Hin durch der Kirche hohes Chor,
Und fromme Lobgesänge schwingen
Begeisternd sich zu Gott empor.
Wie freudig sich die Herzen heben
Bei ihrem weihevollen Klang!
Was läßt in Andacht sie erbeben?
Ein Psalm ist's, ein Semitensang.

Semit! Ich senk' das Auge nieder,
Wenn höhnend dieses Wort erklingt;
Mich quält's, daß der Verleumdung Hyder
Kein Feuerbrand der Wahrheit zwingt,
Daß du nicht kannst den Drachen töten,
Mein Deutschland, sonst so ritterlich:
Als Jude fühl' ich kein Erröten,
Jedoch als Deutscher schäm' ich mich!"

Ein Freund Israels

„Er schlummert nicht, der Hüter Israels,
Der seinem Volke treu die Wege weiset;
Auf sein Geheiß gab Wasser ihm der Fels,
Und in der Wüste ward's mit Brot gespeiset.

Sein auserwähltes Volk, sein Lamm, sein Kind,
Auf das sich reich ergoß der Born der Gnade!
Auch uns, die wir nur schwache Sünder sind,
Hat er geführt auf seines Heiles Pfade!

So bringet brünstiglich den Dank ihm dar,
Und denkt der fernen Brüder, meine Lieben,
Der unglücksel'gen Heiden großen Schar,
Die noch in Nacht und Dunkel sind geblieben.

Ja, unsre Brüder! Drum ist's heil'ge Pflicht,
Zu öffnen willig ihnen Herz und Hände.
Wohlan, – der Hüter Zions schlummert nicht. –
Zum Liebeswerk bringt her die Liebesspende!"

So sprach er, feurig, hingerissen ganz,
Ein schwacher Sünder, doch ein wohlgenährter,
Auf seinem feisten Antlitz lag ein Glanz,
Ein milder, leuchtender, ein gottverklärter.

Und in den Augen Thränen, licht und rein,
Geweiht den Kaffern, Gallas, Botokuden.
Er sprach ja heute im Missionsverein,
Und morgen – hetzt er fröhlich auf die Juden.

Euch klag' ich an

Euch klag' ich an, ihr Großen und ihr Hohen,
Die ihr euch gern des Volkes Führer nennt!
Ihr saht die dunkeln Wetterwolken drohen,
Ihr saht die Blitze gierig niederlohen, –
Und keiner regt sich, ob das Haus auch brennt.

Ein Wort von euch, zur rechten Zeit gesprochen,
Ein Wort von ihm, der einst im Sachsenwald
Gegrollt, daß man die Treue ihm gebrochen,
Daß ihn des Undanks Schlangenzahn gestochen,
Ein Wort, – und machtlos wär' der Sturm verhallt.

Ihr bliebet stumm; frei konnt' Verleumdung walten,
Sich brüsten, daß sie eure Wege geht.
„Nicht soll der Fremde fürder bei uns schalten,
Wir wollen unser Volkstum rein erhalten,
Fort Toleranz und fort Humanität!"

Und solche Losung durft' an euch sich wagen,
Und keiner brach mit freiem Mut den Bann.
Einst wird euch die Geschichte richtend fragen:
„Ihr habt das Volk zu höherm Ziel getragen?
Wo blieb sein Menschentum? – Euch klag' ich an!"

Umsonst

Sie glauben es doch nicht! Viel hundert Jahre
Verfolgte uns der Feinde Schwarm;
In Strömen ist unser Blut geflossen,
Und immer war es rot und warm.

Sie schürten um uns die Feuerbrände,
Dem Gott der Liebe ein Opfer zu weih'n;
Die Flammen loderten zum Himmel,
Und immer verzehrten sie unser Gebein.

Sie sperrten uns ein in düstere Gassen,
Sie haben uns Licht und Freiheit geraubt;
Wir haben gestöhnt, gerast und gerungen,
Und dennoch ward es uns nicht geglaubt.

Nun schleppen wir Bücher herbei auf Bücher,
Jedwedes günstige Wort wird erspürt;
Die Bibel, der Talmud werden durchstöbert,
Die Kirchenväter selbst angeführt.

Wir Thoren! und käme ihr Heiland wieder
Und zeugte für uns – er spräch' in den Wind.
Sie glauben es nicht, sie wollen's nicht glauben,
Daß wir, sozusagen, auch Menschen sind!

Getauft

Getauft! Nun seid ihr frei von Schande,
Da des Germanen Ruhm euch ziert!
Wer merkt's noch, daß in Judas Lande
Sich eure Väter Spur verliert?
Daß jenem Stamme ihr entsprossen,
Dem hell geleuchtet schon der Tag,
Als tiefe Nacht noch ausgegossen
Ringsum auf allen Völkern lag!

Was einst die Väter, leidumnachtet,
Mit wundersamer Kraft gefeit,
Das wird vom Enkel nun verachtet,
Gewechselt wie ein Werktagskleid.
Aus Überzeugung ist's geschehen?
Ich ehre sie, ich rechte nicht;
Doch könnt ihr mir ins Auge sehen,
Trieb euch allein der Wahrheit Pflicht?

Ist's nicht der schnöden Selbstsucht Locken,
Das euch vom alten Pfade reißt?

Die Hoffnung, daß auch euch ein Brocken
Vielleicht vom Tisch der Ehren speist?
Sich unter fremde Fahne stellen,
Wenn rings der heiße Kampf entbrannt –
Pfui über euch, ihr Luggesellen,
Die wahre Ehre nie gekannt!

Sprecht, habt im Herzen ihr erkoren,
Was gläubig euer Mund bekennt?
Ihr schweigt; – so habt ihr falsch geschworen,
Und Meineid eure Seele brennt.
Nicht daß der Väter ihr vergessen,
Daß andres Bündnis ihr gewählt:
Nein, daß wir jemals euch besessen,
Das ist es, was uns schmerzt und quält!

Blut

Und tausend Blüten springen wieder
Hell schimmernd auf am Schlehendorn,
Und jubelnd wiegen Lerchenlieder
Sich überm jungen Nest im Korn.
Mit Siegerkraft durch starre Mauern
Ein grünes Zweiglein leuchtend bricht,
Und durch die Welt mit Wonneschauern
Erklingt der Ruf: Es werde Licht!

Und wieder steigt im Nebelbrodem
Ein grausiges Gespenst empor
Und schleicht mit eklem, gift'gem Odem
Von Haus zu Haus, von Thor zu Thor.
Erzeugt vom Wahn in finstern Zeiten,
Geht's ein Jahrtausendlang schon um,
Läßt Haß und Thorheit für sich streiten
Und macht die Wahrheit zag und stumm.

So zieht es lauernd durch die Gassen,
Glotzt uns mit frechem Auge an.
Will ich die Hand des Freundes fassen,
Legt's schwer sich auf mich wie ein Bann.
In deines Spieles frohem Sprunge
Was hältst du plötzlich schaudernd ein?
Du blickst so trüb, mein armer Junge,
Hörst du es „Blut" und „Mörder" schrei'n?

Gewiß, wir haben Blut getrunken,
Knietief sind wir gewatet drin,
Die liebend uns ans Herz gesunken,
Die Frauen opferten wir hin.
Wir schächteten – vernehmt's mit Grauen –
Die Kinder die in uns'rer Hut,
Doch waren's unsre eignen Frauen,
Doch war es unser eignes Blut!

Warum? O fragt nicht, sei begraben
In Nacht, was aus der Nacht einst kam.
Wir brauchen keine Scham zu haben,
Wär's nicht ums Menschentum die Scham.
Streut, Brüder, Asche auf die Scheitel,
Indes der Lenz sich Kränze flicht.
Herrgott, dein Schöpfungswerk ist eitel,
Wann heißt es endlich : Es ward Licht?

Wann endlich?

„Was klagt ihr nur? Man treibt euch nicht von hinnen
Kein Scheiterbrand und keine Folter droht.
Ihr dürft besitzen, schaffen, dürft gewinnen,
Man duldet euch; habt ihr in Deutschland Not?"
„In Deutschland nicht; uns schützen die Gesetze,
Und gleiche Pflicht giebt gleichen Rechts Gewähr.
Wer glaubt es nicht? Wer denkt an Haß und Hetze?
Man duldet uns – was wollen wir noch mehr?

Man ist gerecht, ich hört' es selbst gestehen,
Wenn man auf alle schob des einen Schuld;
Ich hab' auch *gute* Juden schon gesehen.
Wie mir das Herz da schlug ob solcher Huld!
Ja, manche zweifeln wirklich, daß wir trinken,
Voll Mordbegier der Christenkinder Blut.
O, auf die Kniee laßt uns dankbar sinken,
Kann man noch edelmüt'ger handeln, Jud'?

Bedenk', man treibt dich nicht wie sonst von dannen,
Kein Scheiterhaufen wird mehr fromm entfacht,
Und doch – man läßt uns auf die Folter spannen,
Man legt auch heut uns noch in Bann und Acht.
Man schändet schamlos unsere Tempelhallen,
Das reinste Streben wird uns frech geschmäht,
Und tief – das ist der schlimmste Fluch von allen –
Mißtrauen frevelnd uns ins Herz gesät.

Wenn liebend mir der Freund zum treuen Bunde
Vertrauensvoll die Hand entgegenstreckt,
Dann quält es mich, ob nicht im Herzensgrunde
Sich doch ein Rest vom alten Haß versteckt.
Und wo ich frei und ganz mich möchte geben,
Der Seele Gut darbringen Stück um Stück,
Da fühl' ich's schmerzlich mahnend mich durchbeben:
Du bist ein Jude, halte dich zurück!

Wie manche Thräne heimlich ist geflossen,
Wie's tief in uns geseufzt, gekämpft, gegrollt –
Still, in der Brust sei jeder Schmerz verschlossen,
Es wär' zu viel, Mitleid von euch gezollt!
Wir haben's zwei Jahrtausende getragen,
Mit Schwert und Kelle hielten wir die Wacht,
Und wie Jesaias müssen wir noch fragen:
O Wächter, sag, wann endet denn die Nacht?"

Ahasver

Hoch stand er auf des Deckes Rand,
Im Sturmwind flatterte sein Gewand.
Und wie Schaum der brausenden Wogen
Um Stirn und Wange, hager und bleich,
An Furchen und an Narben reich,
Die weißen Haare flogen.
Es starrte sein Auge in düstrer Glut
Wie gähnender Abgrund in schäumender Flut.

Die Schiffer sprachen: Von Rußland her
Zog er mit Weib und Kind übers Meer,
Das Kind liegt im Meere begraben;
Es starb sein Weib im fremden Land,
Er selber ward wieder zurückgesandt,
Man will keine Bettler dort haben.
Nun treibt man ihn wieder, verlassen, allein,
In die Heimat, ins alte Elend hinein.

Der Greis blickt auf die Wogen hinaus,
Die zischend und tobend im Sturmgebraus
Bis an die Reeling schlagen.
Zerrissen Gewölk vorüberzieht,
Und laut in der Windsbraut Wanderlied
Tönen des Alten Klagen.
Das ist kein russischer Flüchtling mehr,
Das ist er selber – ist Ahasver!

„Ruhlos, rastlos wie die Wogen, wandern wir vom Strand zu Strand,
Seit Jahrtausenden vertrieben aus der Väter Heimatland.
Wild umbraust vom Sturm des Hasses, von der Leidenschaft Orkan,
Ein Möve, flügelmüde, flatternd überm Ocean.

Wo sich neue Ideale rangen aus der Zeiten Nacht,
Haben wir die ersten Opfer duldend, hoffend dargebracht.
Als der Welt ward unsre Lehre, daß die Menschen gleich und frei,
Schleppten Romas Söldnerscharen uns ins Joch der Sklaverei.

Als die kreuzgeschmückten Pilger ostwärts trieb des Glaubens Glut,
Haben fromm sie ihre Wege rotgefärbt mit unserm Blut.
Als verheißungsvoll im Westen aufgetaucht ein neues Land,
Wurden wir aus Spaniens Fluren, aus dem sonnigen, verbannt.

Wieder geht ein heißes Sehnen, geht ein Ringen durch die Welt,
Wieder braust der Sturm verheerend über Judas schutzlos Zelt.
Brause nur! Wie Kampf und Hoffnung dauert ewig mein Geschlecht,
Ewig heimatlos wie Frieden, wie die Freiheit und das Recht.

Ewig? Ist's ein Gott gewesen, der zum Wandern mich verflucht?
Nicht der Gott der Liebe war es, nicht der Gott den ich gesucht.
Stets noch harr' ich des Messias, der den Drachen niederringt,
Der da Zwist und Zweifel tilget und der Welt Erlösung bringt.

Kommen wird er! Einmal endlich schwinden muß der Menschen Qual,
Einmal alle licht umscheinen reiner Liebe Himmelsstrahl,
Einmal alle stark umrauschen hehrer Freiheit Flügelschlag;
Kommen wird er, sei's der Menschheit, sei's der Welten letzter Tag!"

    Es schweigt der Sturm, als lausch' er dem Sang,
    Die Woge duckt sich am Klippenhang,
    Durch Wolken schimmern die Sterne.
    Der Alte schaut in die Nacht hinein,
    Sein Antlitz umstrahlt ein leuchtender Schein,
    Als säh' er das Heil in der Ferne.
    Auf springt der Sturm, wild tost das Meer –
    Am Maste still lächelnd steht Ahasver.

Zu Hause

Hasenbrot

Weit war der Vater über Land;
Schon dunkelt längst die Nacht,
Als heim vom Tagewerk er kehrt,
Wo hell das Glück ihm lacht.

Der Kinder Schar umdrängt ihn froh,
Sie küssen ihm die Hand:
„Hast, Vater, du was mitgebracht?"
Und jedes lauscht gespannt.

Und lächelnd hält er sie zurück:
„Fort von der Tasche, Wicht!
Nun ratet einmal, was es giebt."
„O sag's! wir raten's nicht!"

„Als heut' ich durch die Felder ging,
Kam ich am Hagedorn
Beim Hasen her, er backte just
Sich Brot vom neuen Korn.

„Helf' Gott!" rief ich ihm grüßend zu.
„Helf' Gott! Freund Wandersmann!"
„Wie geht's" „Die Zeiten lassen sich
Nicht übel heuer an.

Komm, kost' einmal von meinem Brot.
Sieh, wie so reich mein Tisch!"
„Dank schön, brächt's gern den Kindern mit,
Es riecht so fein und frisch."

„So nimm's und sag', ich hätt's geschickt
Aus grünem Feldrevier;
Sie sollten brav und fleißig sein,
Und grüß sie hübsch von mir!"

Und aus der Tasche, drin sich stets
Die Hoffnung lüstern stahl,
Zog uns der Vater einen Rest
Vom kargen Tagesmahl.

Hei, wie begehrlich führten wir
Das dürre Brot zum Mund!
Wie knupperten wir froh daran
Uns fast die Zähnlein wund!

Wie süß, wie köstlich haben da
Die Bröcklein uns geschmeckt!
So reich ward nimmermehr seitdem
Uns je der Tisch gedeckt.

Und doch hat man auch später noch
Oft harte, dürre Krust'
Statt eines Bissens frischen Brots
Zu geben uns gewußt.

Doch, wenn wir's kaum zu Mund gebracht,
Die Täuschung schon zerging.
– Es war nicht Liebe, die es gab,
Nicht Glaube, der's empfing.

Des Vaters Gebetbuch

Dein Todestag! In meinen Händen
Halt' ich ein Büchlein, alt und schlicht.
Wie fremd und seltsam sind die Zeichen,
Und hör' so klar doch, was es spricht.
Dein Büchlein war's. Erinnerungen
Umfluten mich wie Wogenbrand,
Und jede Welle trägt ein welkes,
Doch duft'ges Blatt mir an den Strand.

Ich seh', wie du im Morgengrauen
Fortwandertest tagaus, tagein,
Wie müde du nach Hause kehrtest
Spät abends bei der Sterne Schein.
Da warteten wir bange Stunden
Und wollten nicht zur Ruhe gehn,
Bis wir, ob auch der Schlaf uns lockte,
Dein liebes Antlitz erst gesehn.

Wie du um kargen Lohn des Tages
Dich bitterlich gemüht, gequält,
Wir hätten's nie geahnt, wir Kinder,
Wenn's nicht die Mutter uns erzählt.
Ob du im heißen Sonnenbrande,
Im Wintersturme zogst hinaus:
Die Freude lag auf deinem Antlitz,
Sobald du wieder kamst nach Haus.

Dies Büchlein hat dich treu begleitet,
Draus sagtest du dein fromm Gebet,
Hast oft aus ihm auf stillen Wegen
Um deiner Kinder Glück gefleht.
Und wenn des Unglücks Nacht dir dräute,
Umdrängten Sorgen dich zuhauf:
Ein Blick hinein, – du hofftest wieder,
Und deine Sterne gingen auf.

So ward's dir leicht, trotz Sturm und Wetter,
Des Lebens graden Weg zu gehn;
Ich irr' umher in Nacht und Nebel
Und kann den Leitstern nicht erspähn.
Komm, Büchlein, laß ans Herz dich pressen!
Wird mir dein Wort auch nicht Gebet,
Ich fühl' es, daß aus deinen Blättern
Ein Segenshauch des Vaters weht.

Am Meer

Ich bin mit dir am Meer gegangen,
Mein Arm, o Mutter, dich umfing;
An deinen hagern, bleichen Wangen
In Sorgen schwer mein Auge hing.

Es gaben zwei dir das Geleite,
Wir wandelten im Abendrot,
Ich ging dir an der einen Seite,
– Und an der andern ging der Tod.

Du ahntest nichts; voll Lust am Leben
Hast du auf's Meer hinausgespäht,
Und deiner Lippen wortlos Beben,
Dein Blick war wie ein Lobgebet.

Du sprachst von deinem Enkelknaben,
Dein Auge strahlte Seligkeit,
Vom Vater, schon so lang' begraben,
Und von der eignen Jugendzeit.

Ich legte sonder Scheu dir offen,
War's auch verwelkt schon und bestaubt,
Mein tiefstes Sehnen und mein Hoffen,
An das ich selbst kaum mehr geglaubt.

Und zwischen unsre leisen Worte
Des Meeres Brausen laut erklang,
Bis durch der Abendröte Pforte
Der Tag in Träumen niedersank. –

Und immer, kehr' zum Meer ich wieder,
Umweht's wie Heimatluft mich traut:
Im Rauschen seiner ewigen Lieder
Hör' ich der Mutterstimme Laut.

Sabbathruh!

In meines Lebens wilde Stürme
Bricht oft ein Friedensklang herein,
Da muß ich meiner Mutter denken,
Und alle Schmerzen schlafen ein.
Und mild seh' ich's von ferne leuchten,
Ich ziehe aus die Wanderschuh'
Vor meiner Kindheit heil'gem Boden –
Willkommen, süße Sabbathruh!

Vom kleinen Zimmer strahlt die Lampe,
Die siebenarm'ge, hell hinaus,
Und vor ihr steht die Mutter betend
Und breitet ihre Arme aus.
Des Lebens staubbedeckte Sorgen
Verschloß sie in des Werktags Truh,
Und frei und fröhlich jauchzt die Seele:
O Licht und Freud' und Sabbathruh!

So hoffte sie von Woch' auf Woche,
So ging sie ihren Pilgerpfad,
So trug sie leicht die schwerste Bürde;
Und als der Tod sich ihr genaht,
Ein Lächeln überflog ihr Antlitz,
Sie schloß die müden Augen zu

Und sang – that sich schon auf der Himmel?
O Licht und Freud' und Sabbathruh!

In meines Lebens wilde Stürme
Bricht oft ein Friedensklang herein,
Da muß ich dein, o Mutter, denken,
Und alle Schmerzen schlafen ein.
Und mir auf's Haupt, wie einst vor Jahren,
Legst linde deine Hände du,
Und mich umfängt wie Muttersegen
Ein Ahnen ew'ger Sabbathruh.

Alles zum Guten

Alles zum Guten! Wie oft, o Mutter,
Hört' ich aus deinem Mund das Wort.
Wollt' dich das Schicksal niederdrücken,
War es dir stets ein Halt und Hort.
Und oft hab' ich's dir nachgesprochen,
Im Jugendsinn, dem frohgemuten,
Ob Sorgen quälten, Treubruch schmerzte:
    Alles zum Guten!

Und doch, das Wort ist Trug und Lüge!
Heim kam ich, doch kein Heim war's mehr.
Wo war der Sonnenschein geblieben?
Rings alles düster, alles leer.
Um deinen Sarg schlang ich die Arme,
Das Herz wollt' schier vor Weh verbluten,
Und schluchzend rief ich, qualzerrissen:
    Wem denn zum Guten?

Frühlingsmahnung

Es war ein Herbsttag, warm und duftig;
Ich kann der Stunde nie vergessen,
Da unterm Apfelbaum im Garten
Zum letzten Male du gesessen.
Der Sonnenstrahl glitt durch die Zweige
Und legte sich aufs Haupt dir lind,
Ein Blatt fiel leis vom Baum hernieder,
Im Grase spielte dein Enkelkind.

Da flog ein Schimmer, mild verklärend,
Hin über deine bleichen Wangen,
Dein Auge glänzte freudig helle
Als wie in Tagen, längst vergangen.
Und leise sprachst du: „Nicht seit Jahren
Stand er mit Früchten so geschmückt.
Wie schön ist's doch im Herbst zu sterben,
Wenn uns Erfüllung reich beglückt!" –

Nun seh' ich heut im Lenze wieder
Den Baum in lichten Blüten stehen;
Und frohes Hoffen, tiefe Wehmut
Durch meine Seele zitternd gehen.
Ich fühl's beglückend und erhebend
Wie frommen Segen auf mir ruhn
Und möcht' gern allen, allen Menschen
So recht was Gutes und Liebes thun!

Ein Geburtstag

Wie er auch fiel, in jedem Jahr
Palmsonntag der Mutter Geburtstag war.
Das war ein Tag, hellleuchtend und warm!
Ein Bündel von Freuden in jedem Arm,
Sprang lachend er durch das Fenster hinein,
Und in jedem Winkel war Sonnenschein.
Da lief's in den Stuben hin und her
Und stopft die Taschen von Kuchen uns schwer,
Da steigt's treppauf, treppab im Haus
Und teilt im Vorbeigehen Küsse aus,
Und in allem, was jubelt und tanzt und sich freut,
Klingt's leise: Der Mutter Geburtstag ist heut!

Längst schläft die Mutter am stillen Hag;
Palmsonntag ist immer noch Feiertag.
Da kommt der Frühling mir in das Land:
In weichem, faltigem Nebelgewand
Gleitet über die Erde sein Fuß,
Sein Blick ist Frieden und Segnen sein Gruß.
Und mit ihm ein Duften und Singen schwebt,
Und leise hallend vom Grunde sich's hebt,
Als ob tausend Hände klingkling fein
Anstießen mit Gläsern voll goldenem Wein.
Und tief aus der Erde ein Sehnsuchtsschrei bricht,
Ein Dürsten und Ringen nach Liebe und Licht.

Ein neues Haus

(Meinem Bruder)

Ein neues Haus! – Vor meinen Blicken
Seh' ich das alte sich erheben,
Vom hohen Nußbaum überschattet,
Umkränzt von dunkelgrünen Reben.

Da zwitschern am Gesims die Schwalben,
Die ihre junge Brut bewachen,
Und aus des Gärtchens breiter Laube
Tönt eurer Knaben jauchzend Lachen.

Wie traut die kleinen Räume grüßen,
Drin sorglich still die Hausfrau waltet,
Drin Liebe, Gastlichkeit und Frohsinn
Ein friedumhegtes Heim gestaltet!

Manch reines Glück hält es umschlossen
Und manchen Kummer, manchen Jammer:
Die Wiege eures Erstgebornen
Und unsrer Mutter Sterbekammer. – –

Nun steht das neue Haus vollendet,
Und stattlich seht ihr's vor euch prangen;
Doch sorgend geht durch eure Seele
Ein Zweifeln und ein leises Bangen:

Was wird uns diese Stätte bringen?
Wird nicht verscheucht das Glück entfliehen?
Seid heitern Muts, die guten Geister
Sie werden alle mit euch ziehen.

Ob manche Hoffnung taube Blüte,
Erfüllen wird sich manches Träumen,
Gedeihen werden eure Knaben
Und wachsen mit den jungen Bäumen.

Wenn dann im Anschaun eures Glückes
Sich jubelnd will die Seele weiten,
Mög' über eure helle Freude
Auch tiefer Wehmut Schatten gleiten:

Wie viele sind's, die ausgeschlossen
Von dieser Erde reichen Gaben,
Die heiß mit blut'gen Händen ringen,
Um Bissen Brotes sich zu laben,

Die sehnend aus den düstern Gassen
Nach einem Sonnenstrahle schauen –
Noch vieles gilt es einzureißen
Und viel noch, vieles aufzubauen.

Auf einem alten Wege

Ein heißer Julitag, die Sonne blickt
Vom weißen Himmel wie durch einen Schleier,
Als berge sie sich vor der eigenen Glut.
Die Luft hängt zitternd voller Lerchensang.
Die Sense surrt im Korn, der Wagen knarrt,
Es duftet ringsum wie von frischem Brot.

Ich geh' den Weg, den ich vor langen Jahren
Als Kind tagaus, tagein gegangen bin.
Wie nah die Bäume bei einander stehn!
Wie kurz die Strecke zwischen Dorf und Wald!
Und eh' ich mich noch ganz zurechtgefunden,
Kommt's aus der Zeiten Dämmer hergeschritten
Und winkt mir zu und fragt: Kennst du mich noch?

Da wankt zuerst ein alter Mann daher,
Gebückt am Stock, bepackt mit schwerem Bündel,
Die Stirn durchfurcht von tiefen Sorgenfalten.
Mein Vater! – In der Kehle bleibt's mir stecken,
Ein Schauer rüttelt mich, ich neig' das Haupt
Und grüß' ihn feuchten Augs in stummer Ehrfurcht.

Und andre kommen, mancherlei Gestalten:
Der greise Fuhrmann, der mich oft beglückt:
„Sitt up, min Jung!" – Nun fährt er still vorüber;
Die junge Bäurin aus dem Pachthof drüben,
Die manchen kühlen Trunk mir lächelnd reichte;
Das Bettelweib mit schwarzem, struppigem Haar,
Die ich stets scheu gegrüßt und doch gern sah,
Weil sie am Wege alle Nester wußte.
Und höhnend fratzt, im Dornbusch halb versteckt,
Der Hirtenjung' mich an, mit dem ich mich
So oft geprügelt und so oft vertragen.
Und viele, viele andre seh ich noch,
Und alle ziehen stumm den Pfad hinab,
Wo hinterm Heckengang der Friedhof liegt.

Und ganz zuletzt kommt noch ein Knabe her,
Das Ränzel auf dem Rücken, in der Hand
Ein Buch und springt mit Lachen mir zu Seite.
„Wohin, mein Junge?" – „Nach der Schule, Herr,"
„Was willst du werden?" – „Nein, das sag' ich nicht."

Und aus den Augen leuchten tausend Träume.
Du armes Kind, sie werden doch nicht wahr!
Doch träume nur, Traum ist dein bestes Glück.
Und wandert, wandert immer mir zu Seite
Und schaut mich still mit großem Auge an.
Ich blick' voll Sehnsucht in sein schuldlos Antlitz,
Mir ist so wohl, da ich ihn bei mir weiß.

Und plötzlich überfällt mich eine Angst,
Ich könnt' auch ihn verlieren wie so vieles,
Und wie ich seine Hand ergreifen will,
Rennt er davon und ist im Wald verschwunden.

Wer war es nur? Wo sah ich ihn doch schon?
So nah bekannt und doch so traumhaft fern. –
Ich kenne ihn. – O goldne Jugendzeit,
O Knabenträume! Ach, wie bin ich müd'! –

Die Erntesonne brennt, die Sense surrt.
Ich setz' mich auf den nächsten Wegstein hin
Und starre wehmutsvoll den Pfad hinab,
Wo hinterm Heckengang der Friedhof liegt.

Im Kreise

Beim Friedhof kam ich her mit meinem Knaben.
„Sag, Vater, werden Tote hier begraben?"
„Ja, Kind." „Und, Vater, als du selbst noch klein,
Grub man auch damals schon die Toten ein?"
„Gewiß, mein Kind." „Und bald, so übers Jahr,
Dann kommst du in die Erde auch, nicht wahr?
Dann wirst du auch ein seliger Vater sein?"
„Vielleicht, mein Kind." „Dann kriegst du Blumen fein,
Dann muß ich auch Gebete für dich sagen,
Und immer feine Trauerkleider tragen."
Er spricht's so fröhlich, seine Blicke leuchten,
Mir will sich schon das Auge heimlich feuchten,
Da fährt er fort, und stolz glänzt sein Gesicht:
„Ich werd doch auch mal seliger Vater, nicht?"
Ich leg die Hand ihm auf die Schulter leis,
Und denk gemut: Kein Ende, nur ein Kreis.

Meinem Jungen

Mein Junge spielt zum erstenmal allein
Heut vor der Thür im hellen Sonnenschein.
Bin ich ein Kerl! so blickt er stolz umher.
Wenn nur die Welt so furchtbar groß nicht wär'!
Und wie er kühn sein Reich durchwandern will,
Da schreit's ihm höhnend nach: „Hepp, hepp, halt still!"
Noch kennt er nicht das Wort, doch in dem Ton
Spürt er bestürzt des Hasses Stimme schon.
Er schrickt empor, er ballt die kleine Faust
Und sucht umher; ich seh's, ihm bangt, ihm graust.

Komm her, mein Kind, laß dir ins Auge schaun.
Noch liegt darin ein grenzenlos Vertraun,
Ein heilger Glaube und ein froher Mut:
Wie ist doch alles um mich schön und gut!
Dies Aug' ein See, drin sich der Himmel malt,
Der leuchtend alle Sterne widerstrahlt.
Ein Schmerz faßt mich, ein Zorn ingrimmig, wild,
Wie bald zerstört die Welt dies reine Bild!
Das Wort, das heute ihn zuerst beirrt,
Ist so ein Stein, mit dem's zertrümmert wird,
Mit dem man in sein Heiligtum ihm bricht –
Halt fest, mein Kind, verlier' dich selber nicht.
Die Scharte nur, die du dir selbst versetzt,
Wird nie im Leben wieder ausgewetzt.
Ob auch die Menschen in dir untergehn,
Der Mensch soll um so herrlicher erstehn.
Du hast noch immer mehr, als man dir raubt,
Behältst du nur, was du einst rein geglaubt.
Und reißt man dir die Blüten aus dem Garten,
Wir sind vom alten Stamm, wir können warten.
Es kommt ein Sommer wohl, ein Herbsttag blinkt,
Der Blüten dir zugleich und Früchte bringt.
Sei fest, sei stolz, und eins noch laß dich lehren:
    Dich wehren, Jung', dich wehren!

Ehepaar Loewenberg in Rapallo (Dezember 1912/Januar 1913)

Jakob Loewenberg in St. Peter in den Dünen (28.7.1916)

Jakob und Jenny Loewenberg in fröhlicher Stimmung (ca. 1925)

Jakob Loewenberg bei Kaffee und Kuchen (ca. 1926)

Jakob Loewenberg bei seiner geliebten Gartenarbeit (ca. 1926)

Jenny Loewenberg und die Tochter Anette Frederike, geb. 15.4.1902 in Hamburg (ca. 1910)

Jakob Loewenberg mit den Söhnen Ernst Lutwin, geb. 15.6.1896 und Richard Detlev, geb. 18.6.1898 in Hamburg (ca. 1910)

Erzählungen von stillen Helden und aus Westfalen

Ernst Loewenberg als Freiwilliger (November 1916)

Die Schwester

Sie war um drei Jahre älter als er. Als der Vater starb, waren sie beide noch so jung, daß sie sich über das schöne Leichenbegängnis freuten. Und es tat so gut, wenn die vielen fremden Menschen sie so mitleidsvoll anguckten und mit sanfter Stimme sagten: „Arme Kinder!" Freilich wußten die Kleinen noch nicht, was das zu bedeuten hatte.

Von jener Zeit an war die Mutter, die sonst so lustig lachen konnte, immer traurig. Sie hatte auch keine Zeit mehr, mit ihnen zu spielen, sie mußte arbeiten. Die Pension des Steuerbeamten war nur klein, so groß auch die Einkommen waren, die er berechnet hatte. Sie arbeitete daher Tag und Nacht. Und als sie meinte, jetzt werde es ohne sie gehen, starb sie. Wieder kamen die vielen fremden Menschen ins Haus, und wieder sagten sie mit sanfter Stimme: „Arme Kinder!" Und jetzt wußten sie, was das zu bedeuten hatte.

Aber Fränzchen ließ den Kopf nicht sinken. Sie war ja schon vierzehn Jahr alt und Ostern konfirmiert worden. Sie setzte es durch, daß man sie mit ihrem Heinz beisammen ließ, trat in alle Rechte und Pflichten der Mutter ein und besorgte den kleinen Hausstand gerade so, wie ihn die Mutter besorgt hatte. Tapfer hielt sie alles beisammen, vermietete noch ein Zimmer an eine Lehrerin, strickte und stickte und nähte und bestellte selber den Garten hinter dem Hause. Trotz allen Abredens der klugen Leute ließ sie den Bruder auch ferner auf dem Gymnasium. „Unser Junge soll studieren," das hatte erst der Vater und dann die Mutter gesagt, und das sagte sie nun selbstverständlich auch: „Unser Junge soll studieren."

Und der Junge studierte und sie mit ihm. Sie ließ sich von ihm die Weltgeschichte erzählen und die Gedichte vordeklamieren, sie ging mit ihm den Aufsatz durch und hörte ihm die lateinischen und französischen Vokabeln ab. Als er aber ans Griechische kam, sagte sie nach kurzem Bemühen: „Jetzt wird es zu schwer; dazu hab ich keine Zeit. Nun hilf dir selber."

Und er half sich auch selber. Bald war er Primus der Klasse. Da wollte er schwächern Schülern Nachhilfe geben; aber die Schwester duldete es nicht. „Die hat's hoch im Kopf," spotteten die Leute, „das hat sie vom Vater." Sie ertrug den Hohn geduldig und labte sich an der Freude, daß ihr Heinz während der ganzen Schulzeit seine roten Backen behielt und immer der Erste blieb. Und eh die Leute es sich versahen, hieß es: „Störmers Heinz hat das Abitur gemacht, und das Mündliche ist ihm geschenkt worden." „Das hat er der Schwester zu verdanken," setzte wohl einer hinzu, „die hat ja nicht einmal gelitten, daß er Privatstunden gab."

In der Muluszeit war die Schwester ausgelassen und lustig wie noch nie. Es war, als ob sie selber zur Universität gehen wollte und sich schon im voraus auf die fröhliche Burschenzeit freute. Sie fühlte nichts als Freude und Stolz über ihren Jungen, ihren Studenten. Nicht eine einzige Lehre gab sie ihm; das überließ sie dem Vormund. Und wenn der vor den Gefahren des Studentenlebens warnte, dann sagte ihr Blick nur: Laß ihn doch, er kommt schon durch.

Bei seinem Abschied war sie so heiter und ruhig, daß er überhaupt nicht merkte, daß es ein Abschied war. Aber während er weiter fuhr in die schöne, weite Welt hinein und mit seinen Kommilitonen lustige Burschenlieder sang, saß sie daheim vor seinem leeren Bücherbrett und weinte bitterlich.

Heinz studierte viel und vielerlei. Zwei Semester Jura, ein Semester Nationalökonomie, dann Altphilologie, und zuletzt wandte er seine Neigung dem Bibliothekfache zu. Seine Wechsel kamen pünktlich und nicht zu karg bemessen. „Meine Schwester ist ein Tausendsassa, wo sie das nur herbekommen mag?" dachte er und nahm alles fröhlichen und sorglosen Herzens hin. Daß sie nach und nach das kleine großväterliche Erbteil, das für ihre Mitgift bestimmt war, für ihn verwandte, brauchte er nicht zu wissen. Auch nicht, daß sie eines Tages einen Freier abgewiesen hatte, den Bruder der Lehrerin, die bei ihr wohnte: „Erst muß der Junge versorgt sein," und dabei blieb sie trotz allen Bittens und Werbens.

Es dauerte freilich noch einige Jahre; aber aus dem Studenten Störmer wurde ein Doktor Störmer, und dann ein Hilfsbibliothekar an einer kleinen süddeutschen Universität. Nun war er versorgt. Aber sie meinte, es schickte sich nicht, daß er in seiner Stellung bei andern Leuten wohnte, und wer konnte ihm den Haushalt besser führen als sie? Kurz entschlossen gab sie ihr Heim auf, um dem Bruder ein neues zu gründen. Bald hatte sie sich in seine Interessen hineingelebt, und die glückliche Jugendzeit fand eine fröhliche Fortsetzung.

So vergingen einige schöne Jahre. Da wurde Heinz Oberbibliothekar, und nun konnte er sich die langersehnte große Ferienreise gestatten. – Erst wollte sie ihn begleiten, aber da er auf seinem Wege verschiedene Universitätsfreunde besuchen wollte, fürchtete sie, lästig zu fallen und blieb zu Hause.

Als ein anderer kam er aus den Ferien zurück. Er, der Mitteilsame, wußte fast nichts zu erzählen. Zuweilen leuchtete es fröhlich in seinem Auge auf, aber dann zog es wieder plötzlich finster über sein Antlitz, und die Lippen preßten sich zusammen, als ob sie ein Geheimnis zu verbergen hätten. Am dritten Tage rückte er damit heraus: „Fränzchen, ich habe mich verlobt!"

Sie sah ihn mit starrem Auge an und wurde totenbleich. Dann stürzte sie auf ihn zu und umhalste und küßte ihn mit leidenschaftlicher Glut, als ob sie auf immer Abschied nehmen sollte. Vergebens wartete er auf ihren Glückwunsch; er war wohl mit dem Schluchzen erstickt, das sie krampfhaft niederzuwürgen suchte.

Nun folgte eine arbeitsvolle Zeit für sie. Mit peinlicher Gewissenhaftigkeit besorgte sie seine Einrichtung, und als alles fertig war, erklärte sie ihm, daß nun ihre Aufgabe hier zu Ende sei und sie sich eine andere suchen wolle. Umsonst wollte er sie überreden, bei ihm zu bleiben. „Es tut nicht gut, wenn zwei Frauen in einem Hause regieren," war ihre Antwort, und als er mit der jungen Frau von der Hochzeitsreise zurückkehrte, zog sie, die alte Jungfer, aus, um fern in der alten Heimat eine Stelle als Haushälterin anzunehmen.

Alle zwei Jahre kam sie auf einige Tage zum Besuch, freute sich über die in gleicher Regelmäßigkeit kommenden Sprößlinge, drei prächtige Buben, sah aber auch mit bekümmertem Blicke, das dem Bruder manches fehlte, was ihm bei der rechten Frau nicht hätte fehlen sollen. Aber sie sagte kein Wort.

Eines Tages, der kleinste war schon fünf Jahre alt, erhielt sie ein Telegramm, daß das ersehnte Töchterchen geboren sei, und einige Stunden später kam eine zweite Nachricht, die Mutter sei gestorben. Unverzüglich reiste sie zu dem Bruder, übernahm ohne weiteres die Pflege und Erziehung der Kinder, sowie alle Sorgen und Mühen des schweren Haushaltes. Das ging alles so ruhig, so leicht, so selbstverständlich, daß der Bruder wie im Traume über die schwere Zeit hinwegkam. Ihm bangte vor dem Erwachen. „Was soll ich beginnen, wenn ich wieder allein bin?" Sie las ihm die Frage vom Antlitz: „Heinz, wenn du mich behalten willst, bleibe ich bei dir."

„Und deine Stelle?"

„Habe ich längst aufgegeben."

Er drückte ihr die Hand und ging schweigend in sein Zimmer.

Und die Knaben wuchsen heran und zogen in die Welt, und das Mädchen wuchs heran und verheiratete sich an einen fremden Ort hin, und die beiden Alten blieben allein.

Sie waren wieder ganz Bruder und Schwester und doch wiederum nicht ganz Bruder und Schwester. Sie ergingen sich in den glückseligen Erinnerungen der Kindheit, und sie sprachen von „ihren Kindern", von deren Plänen und Hoffnungen. Nun wieder ganz auf sich allein angewiesen, heraus aus dem bunten Sommertreiben der Welt, lernten sie erst sich recht kennen, taten tiefe Blicke in die geheimsten Seelengründe des andern, wie man im Herbst, wenn die Blätter schon fallen, weitere Ausblicke in den Wald gewinnt. Die Schwester war die Rüstigere. Sie las ihm vor, sie schrieb, was er diktierte, sie führte ihn, wenn sie spazieren gingen. Und wenn ein Fremder die beiden sah, wenn er bemerkte, wie das Mütterchen dem Greis das Halstuch zurechtrückte, ihn sorgsam die unebenen Wege führte, ihm ein Blümchen am Wege pflückte und in das Knopfloch steckte, und wie der Alte ihr mit zärtlich warmen Blicken dankte, dann dachte er wohl: Ein glückliches altes Paar, bei dem hat die Liebe für ein ganzes Leben vorgehalten, ein glückliches altes Paar!

Moje

Eine Erzählung aus der Cholerazeit

„Wo ist denn Moje?"
„Verschwunden, Herr Lehrer."
Er schlug die Beine zusammen und stellte sich in stramm militärischer Haltung vor mich hin.
„Keinen Unsinn, Hoff. Es ist ihm doch nichts passiert?"
„Nein, wirklich verschwunden. Gestern abend, als wir die letzte Tour im Kornträgergang machten, war er noch bei uns, und als wir hier in der Desinfektionsanstalt ankamen, war er miteins fort. Auch bei der Ablöhnung war er nicht da. Heut morgen hat mich Herr Walter schon nach seiner Wohnung geschickt. Seine Logismutter sagte, er ist gestern abend so um neun in einer Eile anzulaufen gekommen, hat seine Betten zusammengepackt und dann, hest'n fleegen sehn? weg damit! Wohin, weiß sie selber nicht."

Herr Walter, unser freundlicher, pflichtgetreuer Offiziant, der Vorsteher unsrer Anstalt, bestätigte mir die Angaben.

Merkwürdig, der Moje war doch einer unsrer solidesten, zuverlässigsten Arbeiter. Was mag nur mit ihm sein? Wer ist jetzt sicher!

Während wir uns noch über den Fall besprachen, brachte ein kleines, schüchternes Mädchen einen zusammengefalteten Zettel.

Herr Walter öffnete ihn.

„Da lesen Sie, bitte."

Mit Bleistift stand da geschrieben: „Kornträgergang Haus 27, Boden, mus desinfecksiert werden. Moje."

Wir sahen uns erstaunt an. Was sollte das bedeuten?

„Ich möchte die Sache übernehmen, Herr Walter."

„Schön, Sie können gleich losgehen, müssen sich aber mit Muus und Hoff behelfen."

„Schon gut."

Die beiden Arbeiter schoben die schottische Karre vor, gossen Karbolseifenwasser über das Tragbrett, füllten einen Eimer ganz mit derselben Flüssigkeit, einen andern zur Hälfte mit Karbolwasser, nahmen Pinsel, Bürste und Feultuch, und fort ging's.

Es war im Anfang des September. Die Cholera wütete noch immer in Hamburg mit schonungsloser Grausamkeit; aber die Bevölkerung, die zuerst von starrem Entsetzen ergriffen war, hatte sich bald aus der dumpfen Betäubung aufgerafft und mit bewundernswerter Besonnenheit, mit hingebendem Opfermut den Kampf gegen den unerbittlichen Feind aufgenommen. Seit einigen Tagen waren die Desinfektionskolonnen in Tätigkeit; eine Anzahl Lehrer hatte bereitwillig das Amt der Kolonnenführer übernommen. Wenn uns am ersten Tage beim Betreten der infizierten Wohnungen, die wir oft unmittelbar nach dem Abholen der Kranken oder Toten aufsuchten, noch ein leises Bangen beschlich, so war das bald der freudigen Zuversicht gewichen, daß wir helfen konnten, und man fühlte sich nirgends sicherer und ruhiger als inmitten der Arbeit. Ein köstliches Gefühl das: du bist auf deinem Posten! Galt es doch nicht allein, dem Umsichgreifen der verheerenden Seuche vorzubeugen, eine noch schönere Aufgabe war es, die armen Niedergedrückten aufzurichten und zu trösten.

In kurzer Frist war uns unsere Tätigkeit lieb, fast konnte man sagen erfreulich geworden, und jeder suchte sich zu der allgemeinen Beschäftigung noch ein besonderes Nebenamt aus. Da war der Kollege Staar, der sich eifrigst bemühte, die verwaisten Kinder unterzubringen, die Kollegen Altmann und Barrach, die den Darbenden Nahrungsmittel besorgten, und der junge Doktor Lyrig, der eben erst von der Universität gekommen war und der es mit Studentenfindigkeit verstand, sich immer neue Hilfsquellen zu erschließen und Tag auf Tag Pakete voll Wäsche und Kinderzeug herbeizuschleppen.

Ich hatte an meinen Arbeitern gute Helfer. Muus und Hoff, ein früherer Unteroffizier, waren verständige, eifrige Leute; aber allen voran zeichnete sich Moje aus. Immer der erste, wenn es an die Arbeit ging, und der letzte, der das Haus verließ. Sein scharfes Auge durchspähte jeden Winkel, und wenn alles beendet schien, stöberte er noch etwas auf, was wir übersehen hatten. Und wie schonend er zu Werke ging! Nur nichts zerreißen, nichts verderben, wo es nicht zwingend notwendig ist! Ich sah's ihm an, wie weh es ihm tat, als ich auf einem unsrer ersten Gänge einem Zigarrenarbeiter den offen umherliegenden Tabak fortnehmen ließ. „Nu bün ick ganz verloren," seufzte der Mann, „mien Fro un mien Jung, un nu ok keen Arbeit mehr – nu bün ick ganz verloren!" Ich suchte ihn zu beruhigen; als ich aber auch das Schwarzbrot und die Rundstücke, die auf dem Tisch lagen, einpacken ließ, zuckte der Arme zusammen, und die Tränen traten ihm in die Augen. Da machte sich Moje bei dem Mann zu schaffen; ich wandte mich ab, aber ich gewahrte doch, daß er ihm ein Geldstück in die Hand drückte.

„Eine schlimme Zeit, Moje," bemerkte ich auf dem Rückwege.

„Ja, Herr Lehrer, eine schlimme Zeit, besonders vor schlechte Menschen; die können ja sterben, eh' sie gebeichtet haben."

„Sie sind wohl katholisch?"

„Ja, Herr Lehrer."

Es mußte etwas auf ihm lasten, das erst die ernste Zeit ihm zum quälenden Bewußtsein gebracht hatte. „Früher war er immer einer der dollsten," hatte mir Hoff erzählt, „und jetzt ist er so still und duckmäusig, ich glaub, der Kerl hat doch Angst."

Wir waren im Kornträgergang angekommen. Während uns auf der Straße die Vorübergehenden scheu auswichen, kamen hier die Frauen und Kinder aus den Häusern hervor und umdrängten unsre Karre. Waren sie an den Anblick schon so gewöhnt, oder war die Neugierde stärker als die Angst? Auch hier hatte man wie in den besseren Stadtteilen den Chlorkalk zollhoch die Außenwände und Treppensteine entlang gestreut; es war, als ob die Leute glaubten, die Cholera fürchte sich vor dem Zeug, und der Bazillus könne nicht darüber klettern, wenn es recht hoch läge.

Wir hielten vor dem Haus, das Moje uns angegeben.

„Nee, da quäl di man nich um," rief eine Frau mit dem Plätteisen in der Hand, „da is nix los, an der andern Seite haben sie gestern einen abgeholt, da sitzen noch die Bastillen in."

„Nee, dat is nich wohr, dor hebbt se jo gestern Nomerdag desinfexiert," beteuerte ein halbwüchsiger Bursche dagegen.

Ich ließ mich nicht beirren und stieg mit Hoff die Saaltreppe hinauf, während Muus am Eingang eines Torweges die Karre bewachte.

Die Treppe war schmal und dunkel, aber wir fanden uns leicht zurecht, wir kannten diese Art Wege schon. Das ganze Haus roch stark nach Karbol; auf dem zweiten Flur war sogar noch frisch mit Kalkmilch gesprengt, ersichtlich unmittelbar vor unsrer Ankunft. Man wollte sich bei den gestrengen Herren von der Desinfektion in ein günstiges Licht setzen.

Jedes der niedrigen Stockwerke hatte nur eine Wohnung; gleich hinter der vierten Treppe begann der Aufstieg zum Boden. Kaum hatte ich einige seiner Stufen erklommen, als die Flurtür der vierten Etage aufging und Mojes struppiger Kopf in der Öffnung erschien.

„Guten Tag, Herr Lehrer."

„Moje!"

„Still, er schläft."

„Wer?"

„Der Junge."

„Welcher Junge?"

„Gleich!" Rückwärts blickend trat er zur Tür hinaus und lehnte sie sacht hinter sich an.

„Gehen Sie man zu, Herr Lehrer, gradaus, oben is es schon."

„Wer wohnt denn da?" Ich deutete auf die Tür, die er eben zugemacht hatte.

„Niemand, die Leute sind ausgerückt."

„Und wie kommen Sie denn hierher, Moje?"

„Gleich, kommen Sie man."

Er drängte sich an uns vorbei — es war offenbar, er wollte in Hoffs Gegenwart nicht gern sprechen — und öffnete die Falltür, die zum Boden führte.

Ein ekelhafter Geruch drang mir entgegen, so daß ich entsetzt einige Stufen zurückwich.

„Ja, Herr Lehrer," meinte Moje lächelnd, „so doll haben wir's noch nich gehabt. Es ist aber auch schon lange her, seitdem sie die Frau abgeholt haben; ich glaub, es war an dem Sonnabend, wo sie man so starben wie die Fliegen, und wo alles drunter und drüber ging. Da hat mancher dran glauben müssen."

Wir stiegen vollends auf den Boden hinauf. Ein schiefwinkliges Zimmer, in dem alles wirr und wüst durcheinander lag: vorn einige Kisten und Kasten mit Kleidungsstücken bedeckt, dahinter ein umgefallener Stuhl, an der Seite ein kleiner Ofen mit einem Petroleumkocher, daneben ein Schemel mit einem Waschbecken und ganz im Hintergrund ein zerwühltes Bett. Nur die vielen Fläschchen und Töpfchen auf dem Fenstergesims standen zwischen zwei halbwelken Fuchsien in geordneter Reihe. Das Fenster sah über das gegenüberliegende Haus hinweg; freie Aussicht war also da. Drei von den Holzwänden, die gegen das Dach aufgeschlagen waren, bedeckte eine blaue Tapete, an der vierten hingen — ich hob sie empor — nein, die Säcke *hingen* nicht an der Wand, sie bildeten die Wand selber, und wenn der Wind durch die Lücken der Dachziegel strich, bewegten sie sich in harmonischem Gleichmaß hin und her. Also frische Luft war auch da.

Ich wollte meine Beobachtungen noch fortsetzen, als mich einige Tropfen Karbolseifenwasser, die ihren Weg und ihren Beruf verfehlt hatten, an eine näher liegende Aufgabe erinnerten.

Moje war schon an der Arbeit. Er sprengte die Bettstücke ein und hüllte sie in das Laken, das er zuvor fast ganz in den Eimer getaucht hatte. dann suchte er die Kleider zusammen, löste die Gardinen vom Fenster, nahm die Wäsche von einer ausgespannten Leine und packte alles in ein zweites Bündel.

Plötzlich sprang er auf, lief die Bodentreppe hinab, in die Etage hinein und kam nach wenigen Augenblicken wieder. „Es war nichts," murmelte er.

Er wollte nun die alten Lumpen, die auf dem Strohsack lagen und als Unterbett gedient hatten, sorgfältig zusammensuchen, um ein drittes Bündel daraus herzustellen.

„Lassen Sie nur, Moje," sagte ich, „werfen Sie hier alles in den Kasten: wir müssen es doch verbrennen und den alten modrigen Strohsack dazu."

Ich befestigte an jedes Bündel einen Zettel, um Namen und Nummer darauf zu schreiben.

„Wie heißt denn die Besitzerin?"

„Das weiß ich wirklich noch selber nicht, soll ich mal unten –"

„Ist nicht nötig, Haus 27, Boden, genügt vorläufig. So Hoff, Sie können's gleich zur Anstalt besorgen, weiter gibt's hier doch nichts mitzunehmen, und hier der Zettel für Herrn Walter. Muus soll heraufkommen. – Wissen Sie denn sonst nichts über die Frau, Moje?"

„So gut wie nichts."

„Ist Sie tot herausgekommen?"

„Nein, sie hat noch gelebt. Es ist ja auch kein Chlorgeruch hier."

„Da lag aber auch noch Knabenzeug umher, wem mag denn das gehören?"

„Ja Herr Lehrer, das kann ich Sie ganz genau sagen, das is ja –"

Da polterte Muus die Treppe herauf, und Moje stürzte sich wieder in die Arbeit.

„Nicht zu eifrig, Moje, Sie sehen doch matt und angestrengt genug aus. Lassen Sie das nur Muus allein machen."

„Nein das bißchen kann ich mithelfen, wir sind ja gleich fertig."
Und er ruhte nicht eher, als bis die Bettstelle und die armseligen Möbel – zwei Stühle, ein Schränkchen und ein Tisch – sorgfältig mit Karbolwasser abgewaschen, Tür und Bettwandseite feucht abgerieben, alles Geschirr ausgespült und der Fußboden und die Treppe gründlich gescheuert waren.

Noch einmal wurde alles nachgesehen.

„So, hier wären wir fertig; Muus, tragen Sie die Eimer hinunter, und Sie, Moje," setzte ich in leisem Ton hinzu, erzählen mir unterwegs Ihr Abenteuer."

„Ich muß hier bleiben, Herr Lehrer, da ist er ja noch in, der Junge, der kann doch nicht allein sein."

„Ein Cholerakranker?"

„Ja, aber er wird wieder gesund. Wollen Sie ihn mal sehen?"

„Gewiß!"

Ich schickte Muus fort und trat mit Moje in das Vorderzimmer der vierten Etage. Da lag ganz in Decken und Kissen vergraben eine kleine Gestalt, den Kopf auf die Seite gelegt, nur eine dürre, fahle Backe war sichtbar.

„Das is er, Herr Lehrer, und nu will ich Sie auch erzählen, wie ich ihn gefunden. Die andern brauchen's nicht zu wissen, die machen da sonst ihre faulen Witze über."

Er schwieg und sah mich an, als wolle er schon im voraus wissen, was ich selber denn eigentlich dazu meinte.

„Nun, Moje, so erzählen Sie doch, wie kommen Sie denn hierher?"

„Ganz einfach. Gestern abend waren wir an der andern Seite fertig, un da hör ich mit einmal ein lautes Jammern, so wie wenn's einem so recht weh tut. Ich kuck schnell durchs Fenster in den Gang und seh nichts, ich kuck und paß auf, un da kommt's wieder, aber nich unter mir, nein, über mir, un wie ich in die Höh seh, da bewegt sich was da oben vor das Bodenfenster am andern Haus, un ein Gesichtchen kuckt dadurch, daß mir erst ganz gruselig zu Mut wird. Un dann wimmert es wieder. Ich in den Gang runter un lauf nu ins Haus rein. Die Leute unten wissen von nichts. Da lauf ich die Treppe rauf, un wie ich die Bodentür aufstoße, da liegt der kleine Kerl auf der Erde un strampelt mit den Beinen un fuchtelt mit den Händen man so um sich. Sein Gesichtchen is ganz runzlig, so blaugrau, un ein paar Augen macht er – hu! Ich wußt' es gleich, den hat sie.

Wie ich ihn anfaß un aufheben will, fängt das arme Wurm mit einmal an zu schreien: Nich afholen, nich afholen! un schlägt um sich, daß ich'n kaum halten konnte. Un nu immer wieder: Nich afholen! Nich afholen! Nee, min Jung, sag ich, du bleibst hier, du kämst ja auch gar nicht mehr lebendig nach Eppendorf, un schmeiß das schmierige Bettwerk auf die Erde un spreite meinen Rock über die alten Lumpen un leg ihn darauf un dann die Kleider, die an der Wand hängen, über ihn, un nu reib ich un reib immer zu. Un denn gab ich ihm ein bißchen Kognak un dann reib ich wieder, un da wird er ruhig.

Nu lauf ich die Treppe runter un klopp an die oberste Tür. „Was is los?" ruft da eine Frau von unten, „die Alten sind ja ausgerissen nach Eimsbüttel, nach ihrer Tochter. Was wollen Sie denn da?" – Nu sag ich ihr schnell, daß oben ein krankes Kind liegt, un sie soll ein bißchen aufpassen, bis ich den Doktor geholt hab. Ihr Mann hört das un geht 'n Schritt zurück. „Wenn's die Cholera hat, muß es raus, nach 'm Krankenhaus." „Es kommt aber nich raus, sag ich, und wenn Sie noch so 'ne Bangbüx sünd. Haben Sie denn keine Kinder?" Da ist er still, un die Frau, die mehr Courage hat, sagt, sie kann woll so lang aufpassen, un das wär gewiß der Jung von der neuen Einlogiererin, und sie hätt gemeint, den hätten sie auch gleich mitgenommen.

Ich lauf nun fort, un wie ich auf die Kohlhöfen komm, seh ich da grad den Doktor Otto vorbeifahren, wissen Sie, den kleinen freundlichen Mann, der sich von Anfang an so viel um die armen, kranken Leute bekümmert hat.

Ich erwisch ihn noch schnell un ruf: „Herr Dokter, Sie müssen mit, sonst stirbt der Jung." „Wo?" „In 'n Kornträgergang, Haus 27 auf 'm Boden." „Gut, ich komm gleich," sagt er, ich hab nur noch vier Besuche zu machen." Un weg war er. Da lauf ich schnell nach meiner Wohnung bei die Hütten un pack mein Bettzeug zusammen un dann wieder fort nach 'n Kornträgergang. Wie ich vor die Haustür ankomm, steht die ganze Gesellschaft aus 'n Haus unten vor die Tür und wollen mich nich reinlassen, un der Junge soll gleich nach 'n Krankenhaus, aber sofort. Ich kuck mir die Herren von unten bis oben so ganz ruhig an un sag: „Schön, soll er auch. Das ist ja bannig klug von euch; aber nu muß auch morgen euer ganzer Kram von unten bis oben desinfexiert werden, un Betten un Kleider un Stiebeln alles weg nach die Anstalt, un davor laßt mich man sorgen, davor bin ich bei die Desinfektionskolonne." Un schmeiß mich man so in die Brust. Da kriegen sie ja nu 'n bannigen Schrecken un lassen mich rein. Der Junge war ein bißchen indrösselt, aber dableiben konnt er ja nich, es war zu zugig. Warum sind die Wohnungen denn leer? denk ich un geh die Treppe runter un drücke so sachtemang an die Etagentür, daß das alte wackelige Schloß ganz vergnügt an die Seite springt. Betten hab ich selber, sag ich, werf die von den Leuten raus und lege meine in die Bettstelle un hole mir so ganz stille den kleinen Kerl runter. Er wird aber doch wach, un nu geht's wieder los: Nich afholen! nich afholen! Un da kommt auch der Dokter. Wir beide legen ihn nu darin, un der Dokter fühlt seinen Puls un hat gleich was zu trinken bei sich un spritzt ihm was in die Beine, un danach wird er ganz anders. Dann sagt mir der Dokter, was ich tun soll, un er wollte noch einmal wiederkommen. Um halb eins is er auch richtig nochmal gekommen un hat Wein mitgebracht un hat ihn wieder untersucht un gesagt, es kann doch noch gut gehen, ich soll man aufpassen. Un da hab ich denn aufgepaßt. Es war ein schwer Stück Arbeit, das arme Wurm, immer gebrochen un gestöhnt un gejammert un wieder gebrochen, und ich steh dabei un hab ihm nich helfen können, gar nichts, un die Nacht war so schrecklich lang. Un am Morgen fängt er an zu schwitzen un is eingeschlafen. Seit der Zeit liegt er so ganz ruhig da, aber ich konnt' ihn doch nich in Stich lassen, un nu wird Herr Walter woll ärgerlich sein un mich nich wieder aufnehmen."

„Er denkt nicht daran, Moje. Sie haben hier ein gutes Werk getan, Sie sind ein braver Mann!"

Ich reichte ihm die Hand.

Er wagte kaum, sie zu berühren.

„Nich wahr, Herr Lehrer, un der Junge kommt doch wieder durch? Das meinen Sie doch auch!"

„Ich hoff' es; aber seien Sie nur vorsichtig, Moje, daß Sie selber gesund bleiben!" –

*

Erst nach einigen Tagen konnte ich Moje wieder aufsuchen. Ich fand ihn vor der Kommode sitzend damit beschäftigt, einen Brief überzulesen. Sobald er mich bemerkte, sprang er mir entgegen.

Befremdet sah ich ihn an; ein Schimmer seligen Glückes lag auf seinen rauhen, harten Zügen. Ich wußte es, noch eh ich ihn gesehen, der Junge war in der Besserung. Und wirklich, da saß er halb aufgerichtet im Bette, das Gesichtchen schmal, hager und dürr; aber die Augen leuchteten rein und kräftig.

„Das is er, Herr Lehrer, der böse Kerl," sagte Moje freudestrahlend und strich ihm sacht übers Haar. „Un wissen Sie, was er getan hat? Wie sie seine Mutter fortgebracht haben, weil sie die Krankheit bekommen hatte, hat er sich die ganzen Tage lang oben auf dem Boden versteckt, vor lauter Angst, daß sie ihn auch abholen wollten, un nichts hat er gegessen wie trocken Schwarzbrot un alte Rundstücke. Da soll nu einer keine Cholera kriegen! Der Nixnutz!" Der Junge schlug die Augen nach oben, als wolle er die wirkliche Bedeutung des Wortes dem Sprechenden vom Gesicht ablesen.

„Ja, ein Nixnutz bist du doch," sagte Moje zärtlich, und seine Hand glitt von dem Kopfe des Kindes kosend die Backe hinab, „ein arger Nixnutz! Un wissen Sie, Herr Lehrer, was er noch mehr is, das hab ich nu auch rausgekriegt: Mein Junge is er, Herr Lehrer, mein eigener, leibhaftiger Junge!"

Ich sah Moje erstaunt an.

„Junge, sag's selber, wer bin ich?"

„Du büst mein Papa."

Moje lächelte glückselig.

Ich wußte nicht, wie ich mir das erklären sollte, und fragte verlegen:

„Wie alt bist du denn, mein Kind?"

„Sieben Jahr."

„Und wie heißt du?"

„Karl Ehlers."

Moje nickte.

„Stimmt, Herr Lehrer, stimmt. Karl, grad wie ich. Da lesen Sie," und damit zeigte er mir den Brief.

Ich las:

„Libe Stine!

Mit Freuden ergreif ich die Feder, daß Du ins Krankenhaus bist un das Du bald wider rauskommst un wider Gesund wirst un Karli wirds auch. Liebe Stine es war damals ganz schlecht von mir daß ich dich mit das Kind hab in die Patsche Sitzen lassen un bin fortgegangen. Aber Ludje hat viel Schuld daran das war ein Gemeiner Kerl. Liebe Stine Karli hat mir alles erzählt, 6 Mark die Woche, so 'n par Kröten,

soviel verdien ich jetzt in ein Tag un eine Mark hast du noch an Deine Mutter geschickt un eine Mark un 50 Pfennig vor Miethe das war doch ein Hundeleben un immer nu den ganzen Tag Kaffeebohnen Lesen. Un den Tag wo Du schon krank warst bist Du auch noch hingegangen. Libe Stine wenn Du wider Kommst sollst Dus besser haben un wir wollen eine feine Hochzeit machen un Karli soll auch dabei sein. Libe Stine Karli is doch ein gedigener Junge un Er sagt schon Papa zu mir von ganz alleine un Du brauchst nicht Bange sein ich krieg ihn schon durch. Un Libe Stine komm bald wider.
    Es Grüßt Dich
    Dein
      Treuer Karl Moje."

„Brav so! Moje," sagte ich und klopfte ihm auf die Schulter, „das ist die beste Beichte: altes Unrecht wieder gut machen!"

Er erzählte mir noch viel von seinen Zukunftsplänen, und als ich fortging, meinte er: „Es ist doch 'n Glück, daß wir die Cholera gekriegt haben!"

*

„Moje! Moje! was ist passiert?"

Es war drei Tage später, und er stand schlotternd, fahlen Gesichtes vor mir in der Turnhalle der Volksschule, wo die Desinfektionsanstalt errichtet war.

„Moje, der Junge ist doch nicht –"

„Der Junge is wieder kerngesund, Herr Lehrer, aber nu hab ich sie selber –"

„Ach was, Moje, das wird schon vorübergehen."

„Nein, Herr Lehrer, ich hab sie, ich fühl es. Ich will gleich den Dokter fragen, un Sie sind so gut un passen auf den Jungen, un alles, was ich hab, gehört ihm un seiner Mutter; ich hab's hier auf'n Zettel geschrieben, un wenn ich nich wiederkomm, dann sorgen Sie dafür, daß sie alles kriegt. Un den Karli lassen Sie nich in Stich, Herr Lehrer, es is so 'n guten Jungen; aber nu muß ich nach 'n Dokter, sonst geht mir das schlecht."

Ich unterstützte ihn und führte ihn ins Lehrerzimmer der Schule, wo seit einigen Tagen sich fortwährend ein Arzt aufhielt.

Eine halbe Stunde später hielt eine zweispännige Kutsche vor dem Eingang des Torweges. Ein Wärter saß darin, ein anderer saß neben dem Kutscher auf dem Bock. Er sprang hinab, und wir trugen den Kranken in den Wagen.

Ich wollte mit hinausfahren; es war nicht möglich, der Wagen war schon mit zwei Schwerkranken besetzt. Noch einmal gab ich Moje die Hand, er richtete den Kopf auf und flüsterte: „Karli!" Der Wagen rasselte davon.–

*

Milde, goldige Oktobersonne. Kein Wölkchen am klarblauen Himmel, kein Nebelstreifen am fernen Horizont. In leuchtendem Schimmer liegt die Welt, rein, still und friedlich. Weit geöffnet stehen die Pforten des Ohlsdorfer Friedhofes. Nur hin und wieder fährt ein Totenwagen hinein; aber in zahlreichen Scharen kommen die Fußgänger, die der warme Sonntagnachmittag hinausgelockt hat. Die Frauen und Mädchen sind in schwarzen Kleidern, die Männer und Knaben tragen ein Trauerband um den Arm. Viele von ihnen bringen duftige Grüße mit: einen Kranz, einen Strauß oder eine Topfblume.

Ein tiefer Frieden liegt ausgegossen über dem großen, hellschimmernden Garten. Wie reich er ist! Da blühen noch Astern, Begonien, Eisblumen und Georginen, und die junge Rose unter der Traueresche lugt so vertrauensvoll schön in die Welt hinaus, als ob es nie einen Winter geben könne. In erwartungsvoller Stille stehen die dunkelgrünen Tannenbäume, die herbstlich buntfarbigen Sträucher da; es ist, wie wenn sich hinter dem dichten Buschwerk ein holdes Geheimnis versteckt hätte. Und wenn im leisen Windeshauch ein welkes Blatt zur Erde flattert, flüstert es am Boden hin, als ob nun das Geheimnis sich enthüllen, das Rätsel gelöst werden müsse.

Ist das die Lösung?

Dort hinter den Tannen liegt ein weites aufgeackertes Feld, mit tausend und abertausend Holztäfelchen bedeckt, wie die Gärtner sie im Frühling zu den Schößlingen setzen, die noch wachsen, noch blühen und tragen sollen. – Das sind die Choleragräber.

Ich suche und suche. Hier noch acht Tausend und einige – die Gestorben bis zur Mitte des August – und da, nur wenige Schritte weiter, schon zwölf, dreizehn, siebzehn Tausend!

Ich suche und suche. Endlich, das ist sie, Nummer 17631!
Ein Schauer durchbebt mich.
Andächtig stumm knie ich nieder.
Um das Holztäfelchen hing ein Kranz von grünen Lorberblättern, halbwelke Blumen dazwischen.
Ein Stück Papier war daran befestigt. Darauf stand in großen, ungelenken Zügen:

Von Karli un Stine.

Die schwarze Riwke

1.

Auf dem Osterberg unter einem Schlehdorn lagen zwei kleine Jungen und spähten eifrig den Weg nach Borgeln hinab.

„Die Mame tommt nich, Ruben," sagte betrübt der kleinere, ein Bürschchen von etwa drei bis vier Jahren.

„Sie kommt doch, und sie kommt auch hier vorbei," beruhigte ihn der um einige Jahre ältere Bruder. „Ich weiß es ganz gewiß. Ich bin schon mal mit Mama in Borgeln gewesen, ja, Jerme!" (Jeremias.)

„Bringt denn Mame auch das Hiselamm mit?"

„Mama hat's gesagt, un denn tut sie's auch."

„Das Hiselamm hört mir."

„Un mir auch, Mama hat's gesagt."

„Un Minna auch."

„Minna is ja tot. Die is ja in Himmel."

„Kriegt sie in Himmel auch en Hiselamm?"

„Ach, du! –"

Er wandte sich mit überlegener Miene von dem kleinen Dummkopf ab und ritzte mit einem spitzen Steinchen die Erde auf. Dabei kam ein Wurm zum Vorschein.

„Guck mal, Jerme, ein Wurm."

„Für Hiselamm mitnehmen!"

Ruben lachte auf.

„Hiselamm ißt gar keine Würmer. Hühner essen Würmer. Hiselamm muß Gras haben un junge Schlohen. Weißt du, Jerme, jeden Tag hüten wir's in Wessels Tweete, und dann nehmen wir 'n großen Korb mit. Da is ganz langes Gras, so lang," und er zeigte die volle Länge seines Ärmchens, „das holen wir. Un dann bauen wir 'n Stall hinter unserm Haus un ne Scheune, un dann –"

Ein Peitschenknall ertönte. Ein Bauer fuhr mit seinem Wagen vorüber, um Saatkorn ins Feld zu bringen.

„Blagentüg, wat makt je da? Up de füchte Eer sitten in de Märztid? Wöl je wul na Huus!" Und er drohte ihnen mit der Peitsche.

„Dat sind de schwarte Riwke ehre," bemerkte der Knecht, „de könnt 't verdrägen."

„Deut nix. Wöl je wul na Huus!"

„Wir wollen unsre Mama abholen," entgegnete Ruben in weinerlichem Ton, während der Bruder sich an ihn schmiegte.

„Na, dann staht up und makt ju net krank und verdarwet ju dat Teug net. De Meume hett't nich so dicke; de mut sick genaug plagen."

Die Kinder gehorchten und der Bauer fuhr von dannen.

In bangem Schweigen sahen die Knaben ihm nach; aber kaum war er einige Schritte von ihnen entfernt, da kehrte ihr frohes Selbstgefühl wieder.

„Der olle dicke Hiwwelmeier!" rief Ruben halblaut in verächtlichem Tone. „Un wenn ich erst groß bin, dann kaufe ich mir auch en Wagen und zwei Pferde, und dann holen wir das Gras für Hiselamm immer auf 'n Wagen."

Seit Wochen war das Hiselamm der einzige Gedanke der Kinder. Nach langem Bitten und Quälen hatte die Mutter versprochen, ihnen ein Ziegenlamm mitzubringen, das schon fressen könnte und das sie nicht schlachten wollte. Sie sollten es ganz allein für sich haben. Seit der Zeit hofften die Kinder von Tag zu Tag auf die Erfüllung des Versprechens, als ob ihr ganzes Dasein durch den neuen Lebens- und Spielgenossen ein völlig andres werden müßte. Alle frühern Wünsche und Interessen waren zurückgetreten. Sie lebten nur noch für das Hiselamm.

Und heute sollte es ankommen.

Von früher Morgenstunde an hatten sie den Vater gefragt, ob die Mutter bald zurückkäme. Fürsorglich hatten sie schon Gras geholt und in das kleine Kämmerchen gestreut, das zur Wohnung des Zickleins bestimmt war. Aber der Tag war so lang, und das Hiselamm wollte noch immer nicht kommen.

Da hatte sie denn nach dem Mittagessen ihre Sehnsucht hinausgetrieben, erst in den Heckenweg zwischen den vertrauten Gärten, dann in das einsame Feld, dann weiter über die geländerlose Ammerbrücke, über die eigentlich Kinder nicht allein gehen sollten, und endlich den hohen Osterberg hinauf. Vor jeder Strecke hatten sie Rast gemacht und gewartet, und nun waren sie oben auf dem Berg und getrauten sich nicht weiter. Die Welt war doch größer, als sie gedacht hatten, und die Mutter wollte noch immer nicht kommen. Sie warteten und warteten.

Längst hatten sie sich trotz der Warnung des Bauern wieder auf die Erde gesetzt. Es fror sie in ihren dünnen Kittelchen in der herben Märzluft. Auch der Hunger stellte sich ein, und sie fingen an zu verzagen.

„Mame tommt nich, nach Haus gehen!" wimmerte der kleine Jerme.

„Mama muß kommen," tröstete Ruben; aber auch seine Stimme durchklang schon ein leises Bangen.

„Ich will Bot haben," hub der Kleine nach einer Weile wieder an und begann zu weinen. „Ich bin so hungerig."

„Ich auch, Jerme," stimmte Ruben ein, und gerührt über das eigene Leid, weinte er mit.

Da saßen sie nun beide, den Kopf zur Erde geneigt, und schluchzten bitterlich.

Das Weinen wurde leiser und leiser, die Äuglein wollten ihnen schon zufallen, als eine Stimme vom Wege her rief: „Kinders, Kinders, was is passiert?"

Jedes andre Kind würde sich entsetzt haben, hätte es die rauhe Stimme gehört und die lange hagere Frau gesehen, die mit ihren rotgeränderten Augen, dem struppigen, schwarzen Haar, den harten knochigen Zügen so sehr an die Schreckgestalt des Märchens erinnerte. Aber die beiden Kinder sprangen glückselig in die Höhe, rannten auf die häßliche Frau zu, umschlangen ihre Knie und schluchzten und jubelten: „Mame, Mame!"

„Kinders, wie kommt ihr denn hierher? Weiß der Papa davon?"

„Nein, Mame," versicherte Ruben stolz, „wir haben den Weg ganz allein gefunden. Wo is denn das Hiselamm?" und er lugte forschend in den Korb, den sie am Arm trug.

„So, ihr Nixnutze, das wolltet ihr holen, und Papa is nu in Angst um euch. Und ihr hättet euch verlaufen können, und hättet ins Wasser fallen können, ihr schlechten Jungens."

Und sie bückte sich zu ihnen nieder und küßte sie.

„Wo is das Hiselamm denn?" fragten sie beide wieder.

„Das is schon längst hier vorbeigekommen. Menken Stine bringt es euch. Sie ist schon vorausgegangen. Habt ihr sie denn nicht gesehen?"

„Nein, Mama."

„Dann ist sie schon lange bei uns. Seht ihr wohl, wäret ihr artig zu Hause geblieben, dann hättet ihr es jetzt schon, ihr Nixnutze."
„Mama, mach rasch," drängte Ruben un zerrte an dem Korb.
Der Kleine aber streckte die Händchen in die Höhe und bat: „Mame, ich bin so müde!"
Und die Mutter, die einen Pack Felle auf dem Rücken schleppte und den schweren Korb trug, hob ihren Jüngsten ohne weiteres auf, ließ den Ältesten, der sich an ihrem Rock festhielt, zur Seite trippeln und schritt, eine fröhliche Weise pfeifend, ihrem Heim zu.

2.

Die schwarze Riwke war in der kleinen jüdischen Gemeinde, der sie angehörte, wenig beliebt und noch weniger geachtet. „Hühner, die krähen, und Weibsleut, die flöten, taugen nicht viel," pflegte man von ihr zu sagen. Und sie flötete gern und machte Geschäfte trotz einem Mann.

In den ersten Jahren ihrer Ehe war auch ihre Tätigkeit nur auf das Haus beschränkt gewesen. Als ihr Mann aber von einem Pferd vor das Knie geschlagen wurde und sein linkes Bein in einer langwierigen Krankheit vollständig erlahmte, so daß er auf Krücken gehen mußte, da besann sie sich nicht lange, was zu tun sei. Die Kinder mußten zu essen haben, ihr Mann und sie auch. Die paar Groschen, die er dafür erhielt, daß er der Gemeinde als Schammes (Küster) und Schächter für Kleinvieh diente, konnten nicht viel helfen. Daß er hin und wieder, da er im Hebräischen bewandert war, in einem Trauerhause religiöse Vorträge hielt, oder einen Knaben zur Barmizwah (Art Konfirmation) vorbereitete, brachte bei den ärmlichen Verhältnissen der meisten Gemeindemitglieder auch nicht viel ein.

Da ging sie denn kurz entschlossen selber auf den Handel. Den Henkelkorb am Arme zog sie tagtäglich von Dorf zu Dorf, um allerhand Kleinkram: Garn, Band, Zwirn, Nadeln und dergleichen zu verkaufen oder Knochen, Lumpen und Felle dafür einzutauschen. Die Bauernfrauen hatten gern mit ihr zu tun. Ihre stille, ruhige Weise gefiel ihnen; sie wurde nie zudringlich und fand auch ein freundliches Wort, selbst wo es nichts zu handeln gab. Kam sie gerade in ein Haus, in dem die Arbeit drängte, dann stellte sie ihren Korb in die Ecke, sagte kein Wort und half in der Wirtschaft mit, wo und wie es ging.

Ihr Lieblingsdorf war Keddingsen, das etwa eine Stunde von ihrem Heimatort entfernt lag. Dort war sie fast wie zu Hause. Jung und alt sahen sie gern. Wenn manchmal andere Händler selbst höhere Preise für die Sachen boten, hieß es doch: „Ne, de kriegt de schwarte Riwke." Die günstige Meinung für sie wurde auch dann wenig erschüttert, als man auch im Dorfe die still schlummernde Abneigung gegen die Juden durch Wort und Schrift zu schüren begann. Die Inschrift, die seltsamerweise an manchen Bauernhäusern auftauchte:
>Jude und Schwein
>Darf hier nicht herein.

galt nicht für sie. Man hatte das Gefühl, daß sie eigentlich zu den Dorfleuten gehöre, und hieß sie nach wie vor willkommen.

Sie richtete es daher auch immer so ein, daß sie jede Woche mehreremale nach dem Dorfe kam. Regelmäßig kehrte sie dann bei Menkenmutter ein, einer armen Bauernwitwe, die mitten im Orte in der Nähe des Dorfteiches wohnte. Riwkes einziges Töchterchen, ihre Minna, die sie vergangenen Herbst verloren hatte, war gleichen Alters mit der Stine, dem Kinde der Bäuerin, gewesen. Und es war der betrübten Mutter ein schmerzliches Bedürfnis, die Kleine, mit der ihr Liebling noch wenige Tage vor seinem Tod gespielt hatte, recht oft wiederzusehen. Bei der Menkenmutter pflegte sie auch die Hauptmahlzeit des Tages einzunehmen: Kaffee und Butterbrot, zuweilen auch, wenn das Geschäft gut gewesen war, ein oder zwei Eier dazu.

Ihr eigener Haushalt mußte natürlich unter ihrer Geschäftstätigkeit leiden. In ihren Stuben, die zuweilen auch als Lager für Lumpen und Felle dienten, sah es nicht sonderlich sauber aus, und die Kinder liefen oft schmutzig und zerlumpt umher. Ihr Mann, in dem ein Stück Gelehrter steckte, war zufrieden, wenn er irgend ein Buch auftreiben konnte, und bekümmerte sich nicht viel um sie. Kam sie spät abends nach Hause, dann lagen die Kleinen gewöhnlich schon im Bett, und sie selber war so müde, daß sie nichts mehr für sie tun konnte. „Es ist 'ne wahre Schand, wie die Kinder aussehen," pflegten die andern Frauen in der Gemeinde oft zu sagen. Sie alle blickten mit Geringschätzung auf sie, und nicht eine dachte daran, daß es doch etwas Großes sei, wie die arme Frau sich plage, um Mann und Kinder ehrlich zu ernähren, nicht eine von allen, am allerwenigsten aber die schwarze Riwke selber.

3.

Die beiden Kinder erlebten bei ihrer Heimkehr eine große Enttäuschung. Das Lamm war noch nicht da, und wie sie auch warteten und alle Augenblicke auf die Straße hinausspähten, es kam nicht. Mit Tränen im Auge gingen sie schlafen, und nur das Trostwort der Mutter: „Morgen kommt's gewiß," ließ sie nicht an dem Fortbestand der Welt verzweifeln und beruhigte sie einigermaßen.

Aber die schwarze Riwke selber war nicht ruhig. Was mochte der Stine geschehen sein, daß sie mit dem Lamm nicht gekommen war? Sie hatte sie mitgenommen, weil sich das Kind von dem Lämmchen, das es selber aufgezogen hatte, nur schwer trennen konnte. Unterwegs hatte sie das Mädchen beim Wirtshaus „Zum letzten Heller" warten lassen, während sie noch einzelne alleinstehende Gehöfte in der Nachbarschaft besuchen wollte. Als sie zurückkehrte, waren Kind und Lamm nicht mehr da. Da nahm sie als selbstverständlich an, daß die Kleine, die den Weg schon oft mit ihr gegangen war, vorausgeeilt sei. Sollte sie sich nun doch trotz ihrer zehn Jahre noch verlaufen haben, oder war sie mit dem Zicklein wieder nach Hause gegangen?

Wie wahrscheinlich ihr das auch deuchte, so machte sie sich doch am andern Morgen in aller Frühe auf den Weg und ging stracks nach Keddingsen hin, um sich Gewißheit zu holen.

Stines Mutter, die schon wartend vor der Haustür stand, war erstaunt, erschrocken, als sie die schwarze Riwke ohne ihr Kind ankommen sah. Sie hatte fest geglaubt, daß die Händlerin es über Nacht bei sich behalten hätte. Wo war es nun geblieben? Wenn es in der kalten Märznacht im Freien übernachten mußte, konnte es wohl erfroren sein. Die schwarze Riwke hätte auch besser auf das Kind passen sollen. Es war wohl erfroren, tot. Ihr gutes Kind, ihr einziges, ihre Stine tot!

Und sie weinte und schrie so laut, daß die Nachbarn herbeieilten, und die des Weges Gehenden stehen blieben.

Ein Haufen Neugieriger stand bald um die beiden.

„Wat is los? Wat is passiert?"

„Menken Stine is fort."

„De schwarte Riwke hert't gestern mitnumen."

„Menken Stine is daud."

„Dat Judenwiev hert dat Kind op'n Gewitten."

Die Beschuldigte stand sprachlos da, weniger aus Verwirrung über die so plötzlich erhobene Anklage, als in dem Gefühl, daß sie vielleicht die Verantwortung trage, wenn dem Kinde ein Unglück zugestoßen sei.

Ihr Schweigen nahm man für ein Eingeständnis ihrer Schuld.

„Dat Judenwiev! dat Judenwiev!" erscholl es immer drohender.

Die Umstehenden drängten sich dichter an sie heran.

Ein stämmiger rothaariger Bursche ließ die Hand wuchtig auf ihre Schulter fallen.

„Is din Mann net Schlachter?"

Sie nickte.

„Na, denn haw wi't ja! Austern steiht vör de Dör. Un de Juden bruket Christenblaud vör de Austerkauken. In de Zeitung het et stahn, ick haw't selwer lesen, ick selwer. Da haw wi't."

„Nix haw wi, awer en Rappel heste," schrie die geängstigte Frau und stieß den Sprecher zurück.

Da riß ihr der Bursche den Henkelkorb vom Arm und schüttete den Inhalt unter die johlende Menge.

„Du verfluchte Judenhexe," schrie er dabei, „du ollane hest't in Schuld, du hest dat arme Wurm daud rabbeinert."

„Du bis verrückt!" schrie die schwarze Riwke.

„De olle Judenhexe hert dat arme Wurm schlachtet!" scholl es von einer andern Seite.

„Schlaet se daud, schlaet se daud!" brüllte es im Chor und erstickte die Worte der besonneren Denkenden.

Sie hielt die Hände schützend vor den Kopf ausgestreckt und kreischte: „Je sid verrückt, je sid verrückt!"

„Schlaet die Judenhexe daud!"

Alle drängten auf sie ein, die Weiber voran. Man spie nach ihr, man schlug sie ins Gesicht, man stieß und trat sie.

Ihre Haare lösten sich und flogen ihr wirr um die Stirn, die Augen quollen weiß hervor, und das Blut rann aus Nase und Mund.

Aber sie wehrte sich doch mit Riesenkraft gegen die Anstürmenden, und den immer wilder werdenden Ruf: „Schlaet se daud!" übergellte ihr fast mechanisch wiederholter Schrei: „Je sid verrückt, je sid verrückt!"

„Schmiet se in't Water!" erscholl da eine neue Losung.

Und im Nu hatten ein Dutzend Fäuste sie gepackt und schoben, stießen und zerrten sie nach dem Dorfteich hin.

„Schma Jisroel!" (Höre Israel) stöhnte sie qualvoll heraus, und weiter drang kein Laut mehr über ihre Lippen.

Schon war man an dem Teich angelangt; unwillkürlich entsteht eine Stockung, da ruft eine helle Knabenstimme: „Menken Stine is wäer da! Menken Stine is wäer da!"

Das Gejohl und Getobe verstummt sofort, alle schauen sich um.

Und wirklich, langsam, mit zögerndem Schritt, ihr Lämmchen an der Hand führend, kommt die kleine Stine mitten durch die Dorfstraße herabgegangen.

Alle stürzen auf sie zu, um zu hören, durch welches Wunder sie aus den Händen der Juden gerettet sei.

Und das Kind erzählt mit weinender Stimme, daß sie ihr Lämmchen nicht habe abgeben wollen und darum der schwarzen Riwke fortgelaufen sei, sie sich aber gefürchtet habe, gestern Abend zu der Mutter zurückzukehren. Da sei sie zu ihrer Tante nach Horne gegangen, und die habe sie heute früh nach Hause geschickt.

„Dumme Blage!" ging's von Mund zu Mund. Es klang fast wie ein Vorwurf, daß sich die interessante grausige Vermutung so einfach auflöse. „Dumme Blage!"

Die Mutter aber, die inzwischen auch herangekommen war, umarmte und küßte ihr wiedergefundenes Kind und rief glückselig: „Mine Stine!"

Als sie aber hörte, wie sich alles zugetragen hatte, gab sie dem Mädchen eine Ohrfeige, daß es fast umfiel, und schrie ihm zu: „Du schlechte Deern du!"

Dann gingen die Männer still und schleunigen Schrittes an ihre Arbeit, die Kinder waren bald wieder beim Spiel, und nur die Frauen blieben noch eine Weile beisammen stehen und überlegten in eifrigem Gespräch, wie alles hätte kommen können, und wie so leicht die arme Stine hätte von den Juden geschlachtet werden können.

Am Rande des Dorfteiches lag die schwarze Riwke, ohnmächtig. Zwei mitleidige Mägde hoben sie auf und trugen sie in das nächste Bauernhaus.

4.

Es dauerte einige Wochen, eh' die schwarze Riwke sich von den Folgen des Schreckens und der Mißhandlung an jenem Unglückstage so weit erholt hatte, daß sie ihrer gewohnten Beschäftigung wieder nachgehen konnte. Eine Untersuchung über den Vorfall war auch eingeleitet worden, verlief aber ergebnislos. Die Hauptzeugin hatte auf alle Fragen des Richters nur eine Antwort: „Ich weiß von nix." Sei es, daß sie die Angeklagten wirklich schonen wollte, sei es, daß sie sich die gute Kundschaft nicht verderben mochte. Aber es verging noch eine geraume Zeit, eh' sie sich entschließen konnte, wieder nach Keddingsen zu gehen. Wiederholt war sie schon von den Bewohnern des Dorfes im Felde angesprochen worden. Warum sie sich denn gar nicht mehr sehen ließe, man habe allerhand für sie liegen, die Frauen entbehrten des notwendigsten Handwerkszeugs, alle Kleider seien zerrissen, und an allen Hosen fehlten Knöpfe. Auch die Kinder verlangten nach ihr; den Jungens rutschten die Strümpfe auf die „Holschken", und die Mädchen könnten sich die Haare nicht mehr flechten lassen; es herrsche ein entsetzlicher Mangel an Strumpf- und Haarbändern. Sie solle doch bald wiederkommen, Keddingsen bekäme sonst noch einen schlechten Namen.

Und sie kam auch wieder. Alle Leute begrüßten sie freudig, und jeder hatte ein freundliches Wort für sie und die meisten noch ein gutes Geschäft obendrein.

Aber trotzdem wollte ihr nicht wieder froh zumute werden. So oft sie auch wieder ins Dorf kam, sie fand den alten, vertraulichen Ton nicht wieder. Sie half den Frauen nicht mehr bei der Arbeit, sie nahm keinen Säugling mehr auf den Arm, sie scherzte mit keinem Kinde mehr. Kam sie in die Nähe des Dorfteiches, so machte sie einen Umweg, und das Haus ihrer alten Freundin betrat sie niemals wieder. Still und gebückt schlich sie durch das Dorf, die Augen teilnahmslos zur Erde gerichtet. Nur zuweilen blickte sie zusammenschreckend sich scheu um, als ob sie befürchte, daß irgend ein bissiger Köter sie heimlich anfahren wolle.

Ihre Seele war aus dem Gleichgewicht gekommen. Ihre alte Munterkeit, ihre Zufriedenheit waren dahin. Selbst Ruben und Jerme, die über einen jungen Raben längst das Hiselamm vergessen hatten, vermochten die Mutter mit ihrem kindlichen Geplauder nicht mehr recht aufzuheitern. Sie war bisher gewohnt gewesen, die Dinge zu nehmen, wie sie waren; jetzt fing sie an zu sinnen und zu grübeln und nach dem Warum zu fragen.

Von dem Eindruck jener Schreckensstunde kam sie nicht mehr los. Wie war es nur möglich gewesen, daß man sie, daß man einen Menschen überhaupt für fähig hielt, ein unschuldig Kind zu morden? Alle Leute im Dorfe kannten sie, und doch hatten ihr alle so etwas zugetraut. Die Bauern waren doch sonst immer so gut gegen sie gewesen, hatten ihr in jeder Not geholfen, mehr als ihre eigenen Leute. Und doch, wie war es nur möglich? Die Juden mußten doch irgend einmal etwas recht Niederträchtiges begangen haben. Vielleicht war die Geschichte in Xanten doch nicht so ganz – – Sollten die Juden denn wirklich – Blut? Ihr schauderte, sie wies den Gedanken empört zurück, und doch kam er ihr immer wieder. Und eines Tages drängte er sich in Worte, und sie stand mit der Frage vor ihrem Manne.

Der prallte entsetzt zurück und pochte mit dem Zeigefinger auf die Stirne.

„Ich weiß wohl, Gerschen, ich bin meschugge, so etwas zu fragen, aber sag mir, wie sind denn die Leut darauf gekommen?"

„Die Leut kommen auf vieles, was nicht gestogen und nicht geflogen ist."

„Aber so etwas kann man sich doch nicht aus den Fingern saugen! Etwas muß doch daran sein. Vielleicht in frühern Zeiten. Sieh doch mal in de Bücher nach!"

Er erinnerte sie daran, daß man das Fleisch drei Stunden lang wässern und salzen müsse, damit jedes Tröpfchen Blut daraus ziehe, daß man selbst ein Ei nicht essen dürfe, wenn ein Blutfleckchen am Dotter sei, und an ähnliche Ritualbestimmungen mehr.

Umsonst. Es wollte ihr nicht einleuchten, daß eine so gräßliche Beschuldigung ganz erfunden sein könnte, sie wisse ja, heutzutage denke kein Jude mehr an so etwas, aber vordem, irgendwann und irgendwo –. „Sieh doch mal in de Bücher nach!"

Und sie ruhte nicht eher, bis er wirklich in alten jüdischen Schriften nachforschte, ob nicht irgend ein unmenschliches Gebot das unmenschliche Verhalten der Bauern rechtfertige. Und als ihr Mann nichts fand, fing sie selber an zu suchen und las in jüdisch-deutschen Geschichten- und Erbauungsbüchern und las und suchte und suchte und las und wollte was finden.

Und ob sie auch nichts fand, sie blieb dabei: Es muß einen Grund für so etwas geben.

Auf ihren einsamen Wegen zwischen den hohen Kornfeldern und in den stillen Wäldern hing sie immer demselben Gedanken nach. Wie war es nur möglich? Diese guten Bauersleut! Und sie malte sich wieder die entsetzlichen Einzelheiten aus, sah sich wieder gestoßen, geschlagen, angespieen, sah sich an den Rand des Teiches geschleppt – noch einen Augenblick und dann – dann war sie verloren. Und ihre Kinder und ihr Mann warteten umsonst auf ihre Heimkehr, und keiner war da, der für sie sorgte, und sie mußten elendiglich umkommen.

Warum? Weil man sie für fähig hielt, ein Kind zu morden, zu schlachten. Wie kann man denn ein Kind schlachten? Eine Bestie müßte es sein, die solch unschuldiges Wurm ums Leben brächte. Ein Kind töten! Schlimmer als eine Bestie. Ihr schauderte. Und doch, immer und immer kam sie auf den Gedanken zurück: Es muß doch solche Menschen geben, sonst hätte man es doch nicht von ihr geglaubt. Wie mag ein solcher nur aussehen? Und wie mag er es nur anfangen? Das Kind muß doch gleich merken, was er mit ihm vorhat. Es an sich locken? Hinterm Busch? Im dunklen Stall? Fort, fort, mit solchen Gedanken! Und das rote warme Blut spritzt empor! Das rote Blut! Fort, fort!

Und sie schloß die Augen und preßte die Hände an die Ohren, damit sie nichts sehen und hören konnte. Fort, fort! Solche Menschen gibt es nicht, kann es nicht geben.

Aber es muß sie doch geben. Und sie stellte sich den wildesten, rohesten Gesellen des Dorfes vor, stellte sich vor, wie er das Kind betöre, ein paar Pfennig, ein paar Bonbons, er faßt es an die Hand, geht in die Steinkuhle und dann – das rote Blut! Ha! Nein, auch der tut das nicht. Solche Menschen gibt es nicht.

Solche Menschen muß es doch geben, denn sonst –. Und eines Tages schlug es wie ein Blitzstrahl in ihre Seele: Du selber, du könntest – –. Sie sah sich erschrocken um, ob jemand hinter ihr stände und sie belauschte, dann fing sie an zu laufen aus dem dämmerdunkeln Wald hinaus nach der fernher leuchtenden, sonnenhellen Wiese, immer schneller, wie wenn sie ihren eigenen Gedanken entrinnen könnte. Aber während sie lief, war es ihr plötzlich, als ob sie etwas andres vor sich laufen sähe – ihr Opfer, und sie kannte es, und es trug die Züge des Kindes.

Außer sich vor Aufregung und Erschöpfung, sank sie auf den Rand des Wiesengrabens hin, schlug die Schürze vor das Gesicht und schluchzte leise: „Ich werd meschugge, ich werd meschugge!"

5.

Ein glühend heißer Junitag. Das ganze Dorf war auf den Wiesen. Von den graugrünen Schwaden, die mit den Forken emsig hin und her gewendet wurden stieg ein weicher, würziger Duft empor. Ein Sirren und Summen zitterte in der Luft, und hoch im Blauen trillerte die Lerche.

Auf der Gemeindewiese bei der großen Brücke spielten die Kinder. Die einen schnitten sich Weidenruten, die hier an dem tiefen Kolke in üppiger Fülle wuchsen, andre „schibkerten", indem sie mit geschicktem Wurfe kleine flache Steinchen auf dem Wasser hüpfen ließen, und wieder andre wagten sich vorsichtig mit nackten Füßen in die Flut, um mit hohlen Händen Fische zu fangen.

Von Keddingsen her, aus dem Heckenweg, kam die schwarze Riwke gegangen. Sie trug ihren Korb, von dessen Inhalt sie heute nur wenig verkauft hatte, auf dem Kopf, um sich doch etwas vor den sengenden Strahlen zu schützen. Auf der Brücke angelangt, wollte sie sich ein Weilchen Rast gönnen, setzte sich hin, stellte ihren Korb auf die niedrige Mauer und trocknete sich die dicken Schweißtropfen von der Stirne.

Da sah sie auf der gegenüberliegenden Seite der Brücke über die Mauer gelehnt, die kleine Stine stehen, eifrig bemüht, Krümchen ins Wasser zu werfen, um die Fische anzulocken. Sie hatte das Kind, das in dem unbestimmten Gefühl, sich gegen sie vergangen zu haben, ihr stets ausgewichen war, noch nicht wiedergesehen. Langsam schritt sie zu ihm hin, legte ihm die linke Hand auf den Kopf und faßte mit der rechten sein Ärmchen.

„Stine!"

Das Mädchen drehte sich erschrocken um und stieß einen Schrei aus, als es die schwarze Riwke vor sich stehen sah.

„Stine, kennst Du mi net?"

„Du wust mi wat dauen!" jammerte die Kleine mit ängstlicher Miene und suchte ihr Ärmchen loszuwinden.

„Ick dau di nix!" fuhr die schwarze Riwke sie an und umspannte das Ärmchen fester.

„Du wist mi doch wat dauen. Lat mi los, lat mi los!" schrie sie weinend auf.

Die Kinder auf der Wiese hörten das Geschrei und guckten empor.

„De Judenhexe! de Judenhexe!" riefen sie, und die verwegensten der Jungen liefen nach der Brücke hin.

Die Kleine kreischte noch lauter.

„Still, Untucht!" herrschte die schwarze Riwke sie an, und eine unheimliche Glut funkelte in ihren Augen.

„De Judenhexe will Stine daud maken!" schrien die Jungen.

Von den nahen Wiesen erhoben sich drohend Heuforken und Mistgabeln. Galt es den Kindern, galt es der schwarzen Riwke?

„Judenhexe! Judenhexe!" erscholl es immer lauter.

Die Jungen waren schon auf der Brücke, und die ersten Steine umflogen die schwarze Riwke.

Fester und fester umkrallte ihre Hand des Kindes Arm. Wild wirbelten ihr die Gedanken und Vorstellungen im Hirn. Rief da nicht einer: Schlat se daud, schmiet se in't Water?

„Judenhexe, Kinnerschlächter!" erscholl es ganz dicht hinter ihr.

Sie sieht sich halb über die Schulter um, und plötzlich schlägt sie ein heiser gellendes Gelächter an, reißt das schreiende, sich sträubende Kind mit der Kraft des Wahnsinns auf die Mauer und stürzt sich mit ihm in die tiefe Flut, die kollernd über beide zusammenschlägt.

Von der Brücke und der Wiese her ertönt ein einziger wilder Aufschrei – dann wird's totenstill.

Jakob Loewenberg mit seiner Familie zur Goldenen Hochzeit seiner Schwiegereltern in Attendorn (1920)

Der Davidskolk

Es war still im Dorfe. Die bäuerliche Bevölkerung war an dem glühheißen Augustnachmittag bei der Ernte auf dem Felde, und die jüdische, sie zählte nur wenige Familien, hielt ihren Sabbath. Während die Alten schliefen und sich die von den beschwerlichen Handelsgängen oder der mühsamen Hausarbeit der Woche ausruhten, war das junge Volk in Wessels Tannen gegangen. Es standen da nur einige Hundert Bäume am Hügel hinter dem Graben, aber sie bildeten eine schattige Allee und boten lauschige Plätze und Verstecke, und das Glück der Dorfjugend wohnte in diesem Wäldchen. Auf der Höhe des Hügels gab es sogar eine Laube mit Bänken. Dort saßen die erwachsenen und halbwüchsigen Jungen und Jungfräulein, während die Kinder, auch die kleinen Mädchen, Räuber und Gendarm spielten. Als die Verfolgten und Verfolger immer wieder durch die Bäume brachen und das leise Liebesgetändel in der Laube störten, nahm sich der starke Jerme, der Aeltesten einer, das Herrenrecht und jagte die freche, gottlose Bande aus den Tannen heraus. „Bei eurem dummen Spiel zerknickt ihr auch das Holz und versündigt euch an dem heiligen Schabbes."

„Ich weiß wohl," rief ihm der Räuberhauptmann entgegen, „ihr wollt Braut und Bräutigam spielen," streckte ihm die Zunge aus und sprang dann über die Hecke den Hügel hinunter. Die andern liefen durch Busch und Baum ihm nach.

„Der dumme Jerme! Wißt ihr noch, wie er im vorigen Jahre mal am Schabbes sich Zwetschen abpflückte und der alte Zender gerufen hat: Dein Arm soll verlahmen! und wir alle eingestimmt haben: Omein! Omein! Und nun hat er ein groß Wort."

„Ob er wohl das arme Jettchen nimmt?"

„Wenn ich sie wär, ich nähm ihn nit."

Sie gingen weiter bis an das Ufer der Alme, stiegen auf die hölzerne Brücke und blickten eine Weile in das silberglitzernde Bächlein. Dann wanderten sie gemächlich den Wiesensaum entlang, bis sie an eine Stelle kamen, wo der sonst so seichte Bach sich eine tiefe, breite Höhlung gebohrt hatte. Geheimnisvoll dunkel lag das Wasser da, ganz von Weiden umhangen, ruhig und still, nur am Rande zitterte es leise und lockend.

Die Kinder blieben erschrocken stehen. Lachen und Lärmen war verstummt. Starr, erschauernd blickten sie in die schwarze Tiefe, bis es sich von den Lippen des jüngsten Mädchens löste: „Der Davidskolk?"

„Der Davidskolk!" flüsterten alle. „Kommt! Kommt!"

Sie wußten es alle, die Mütter hatten es ihnen oft genug gesagt, es ist ein gefährliches Wasser, wer da lange hineinblickt, den zieht es in die Tiefe.

Still kehrten sie um und gingen dem Dorfe zu.

Wie lange so ein freier Nachmittag ist! Was nun? Bis zum Kaffee und Minchagebet dauert's noch über eine Stunde. Zu neuem Spiel fehlte die Frische und die Lust. So standen sie zögernd und ratschlagend an der Mauer der kleinen Synagoge in der heißen, prallen Sonne.

„Schamschens Scheuer steht offen, laßt uns da hineingehen, da ist's kühl," riet eins der Mädchen.

„Da hinein?" widerstrebte ein anderes, „weißt du denn nicht?"

„Ach was, am hellen, lichten Tag!"

Es hieß noch immer Schamschens Scheuer, Schamschens Haus, obgleich seit Jahrzehnten keiner des Geschlechts mehr lebte: Im Dorfe führt das Haus den ersten Namen weiter, einerlei, wie auch der Besitzer wechselt.

Und die Kinder gingen in die Scheuer, zogen die Tür hinter sich zu und kuschelten sich in dem Halbdämmer wohlig in das weiche, duftende Heu, das auf der Diele aufgeschichtet war. Eine Weile waren sie still wie die Mäuschen, aber dann wisperte eins:

„Wenn uns jetzt Sternheims sähen!"

„Die sind ja verreist."

„Oder der Petter Henrick!"

„Der ist ja auf dem Feld, ich hab ihn gesehn."

Der Petter Henrick war der Polizeidiener, die von den Kindern gefürchtetste Person des Dorfes.

„Wißt ihr auch, der Petter Henrick soll ein Werwolf sein. Darum sind auch die Spitzbuben nachts so bange vor ihm."

„Ein Werwolf? Was ist das denn?"

„Tagsüber ist er Mensch, und nachts wird er ein Wolf."

„So was gibt's ja gar nicht."

„So? Es gibt noch viel mehr. Wenn Gold in der Erde vergraben liegt, kommt es nachts in die Höhe und leuchtet wie Feuer. Wer dann vorbeikommt, kann es sich mitnehmen, man darf aber nicht lachen und nicht sprechen. Denn der Teufel sitzt daneben und macht allerlei Jux, und wenn man dann lacht, ist alles vorbei."

„Und das glaubst du Selma?"

„Ja, das glaub ich. Mein Großvater kam mal mitten in einer Winternacht am Steinfeld vorbei. Da war ihm die Pfeife ausgegangen. Da sieht er ein Feuer brennen, und da nimmt er sich eine Kohle und legt sie sich auf die Pfeife. Wie er nun nach Hause kommt und die Pfeife aufmacht, liegt obenauf ein Goldstück. Schultens Kasper war dabei und machte große Augen. Wie reich wären wir jetzt, wenn er nur alle Kohlen genommen hätte, so reich wie der alte Schamschen gewesen sein soll."

„Was war das? Hat da nicht einer gestöhnt?"

„War er das nicht selber?"

„Wer?"

„Der alte Schamschen."

„Da an dem Balken," flüsterte es, „da hat er sich aufgehängt."

„Wo?"

„Da!"

„Wirklich?"

„Ganz gewiß. Just eine Woche nach dem Tag, an dem die große Hochzeit in seinem Haus sein sollte."

„Aufgehängt? Warum denn?"

„Das weiß man nit genau. Ich hab mal meinen großen Bruder gefragt, und der hat gesagt: Reiche Leut haben manchmal so komische Ideen!"

„Still, wenn er das hört!"

„Ach was," sagte der Hauptmann in lautem Ton, „was tot ist, ist tot und kommt nicht wieder."

„So? Und das schöne Riekchen?" flüsterte eins der Mädchen.

„Was ist mit der?"

„Die soll doch umgehen. Sie war von auswärts und diente hier. Weit und breit soll nit ihresgleichen gewesen sein, nit an Schönheit und nit an Gutheit. Und alle mochten sie gern leiden, auch der einzige Sohn im Haus. Aber der Vater hat sie fortgejagt mitten in der Nacht. Er war bange, sie könnt mal seine Schwiegertochter werden, der alte

Geizkragen! Und da ist sie verdorben und gestorben. Aber jedes Jahr kommt sie nachts einmal wieder, geht um das Haus herum und durch den Garten und weint und stöhnt. Unsere Anna hat sie mal selber gesehen."

Wieder war es still. Die Kinder schlossen die Augen, halb aus Furcht, halb um den Gestalten, von denen sie gehört, nachzuschauen. Aber die Stille ward unheimlich, und schon nach wenigen Minuten rief es:

„Lexe, erzähl was, aber keine Spukgeschichte!"

Lexe, eigentlich Alex, war ein elfjähriger, hoch aufgeschossener, etwas verwachsener Junge, mit bleichem Gesicht, dunklem Kraushaar und blitzenden Augen. In der Schule glänzte er in Aufsatz und Geschichte, in allen andern Fächern versagte er, oder war eigentlich zu träge, sich darin anzustrengen. Er mußte doch auch Zeit zum Lesen haben, und er las gern und viel.

„Ja, Lexe, erzähl was!"

„Was denn? Von Hurenbendix, von der heiligen Vehme oder vom Baalschem?"

„Kennen wir schon! Weißt du sonst nix?"

Da kam eine leise, schüchterne Mädchenstimme: „Mal vom Davidskolk."

„Ja, ja," schrien alle, „mal vom Davidskolk."

„Das ist aber eine traurige Geschichte."

„Macht nix, man zu, man zu!"

Er zögerte noch einen Augenblick, als aber alle lautlos erwartungsvoll nach ihm hinblickten, fing er an:

„Es ist schon lange her, wohl dreißig Jahre, vielleicht auch fünfzig oder hundert."

„Hundert?"

„Ja, hundert. Da lebte in unserem Dorf ein schöner und reicher Junge und ein schönes, armes Mädchen. Und der Junge hieß David und das Mädchen hieß, das weiß man nit mehr. Und die beiden jungen Leut hatten sich sehr lieb, so lieb wie Jakob und Rahel. Wie es in der heiligen Thora heißt: Und er diente um sie sieben Jahr, und sie waren in seinen Augen wie wenige Tage. Und die beiden wollten sich natürlich gern freien, aber der Vater wollte nichts davon wissen. Er hatte für den David eine reiche Partie im Sinn, und als der sich wehrte, schrie er ihn immer an: Kennst du nicht das heilige Gebot: Du sollst Vater und Mutter ehren."

„Das muß man doch auch."

„Ja, das muß man. Aber wenn zwei sich so gern haben, das könnt ihr in allen Büchern lesen, dann müssen sie sich auch freien. Und David wehrte sich auch lange, wohl ein ganzes Jahr lang, aber dann verlobte er sich mit einer andern, mit einer reichen; schön und gut war sie auch."

„Wenn sie gut war," meinte die kleine blonde Irma, „dann hätt sie doch sagen müssen: Ich mag dich nicht, du mußt die andre nehmen."

„Vielleicht hat sie's gar nicht gewußt. Und wenn auch, die Mädchen nehmen immer gern einen reichen, schönen Mann."

„Ja, das tun sie!" bekräftigten alle Jungens.

„Nun waren die beiden verlobt. Aber er war gar nicht so fröhlich, wie sonst die Bräutigams sind. Und da kam die Hochzeit. Es sollte eine ganz große sein. Alle Verwandten waren geladen von beiden Seiten, nah und weit. Und die Tische standen schon gedeckt auf der Diele, und die Musikanten waren schon bestellt, und abends wurde gepoltert, daß die Scherben nur so berghoch lagen. Und Wein wurde getrunken, vom allerbesten. Und alle waren lustig. Nur David war traurig. Und mitten in der Nacht ist er aufgestanden und ist zum guten Ort am Wasserberg gegangen, zu seiner Mutter."

„Das darf doch ein Hochzeiter nit."

„Nein, das darf er nicht; aber er hat es doch getan. Und als er zurückkam, da ist er nicht allein gewesen. Da ist noch jemand mit ihm den Berg hinuntergegangen, ganz sacht und still und ganz in Schwarz."

„Seine Mutter?"

„Das weiß ich nicht."

„Der Tod?"

„Ich weiß nicht. Und die beiden gingen ins Dorf, und da gab es ein Bitten und Betteln, ein Weinen und Küssen, die Hunde fingen laut an zu bellen, und der Nachtwächter hat alles gehört. Und dann wurde es still, und die schwarze Gestalt war verschwunden."

„Und David?"

„War auch verschwunden. Am andern Morgen, als die Hochzeit sein sollte, war der Bräutigam nicht da."

„Die arme Braut!"

„Aber am dritten Tage haben sie ihn gefunden in dem tiefen Kolk da draußen. Und darum heißt er der Davidskolk seit ewigen Zeiten."

Der Erzähler schwieg, und die Kinder atmeten hörbar auf. Durch die Ritze der Tür fiel ein Sonnenstrahl auf die weißgetünchte Wand.

Da sprang plötzlich eins der Mädchen kreischend auf:

„Da, da, da ist er, da!" und lief zur Tür hinaus, und alle Kinder hinterdrein.

„Hast du ihn gesehen, Sarchen?"

„Ganz gewiß, den Strick um den Hals."

„Ich auch, ich auch!"

Und die Kinder stellten sich wieder an die Mauer der kleinen Synagoge und schüttelten den Schauer der Stunde ab wie Vögel, die aus dem Regen in die Sonne kommen.

Die Geographiestunde

Auf der staubigen Landstraße, die nach dem westfälischen Städtchen Lüde führt, wanderten an einem heißen Septembernachmittag drei Handwerksburschen: ein Schneider, ein Müller und ein Färber. Der Schneider war schon bei Jahren, klein und verwachsen, die grauen Haare standen ihm zu Berge, und aus dem schiefen Mund und dem zusammengekniffenen, pfiffigen Auge sprach es deutlich: Ich kenne die Menschen. Der Müller stand zwischen Jünglings- und Mannesalter, eine untersetzte breite Gestalt mit ungewöhnlich dickem Kopf, flachsblondem Haar und einem Gesicht, das wohl hätte gefallen können, wenn nicht Nase und Augen das Rezept verraten hätten, das er sich selber gegen den trocknen Mehlstaub verordnet hatte. Der größte und jüngste der drei war der Färber, ein baumlanger Kerl von etwa zwanzig Jahren. Zu dem dichten Schwarzhaar hatte sich seltsamerweise ein blonder Schnurrbart gesellt, und in dem schmalen Gesicht, dem Luft und Sonne nicht die Weiße genommen, lachten ein Paar große graue Augen: Trotz alledem, die Welt ist schön, und sie gefällt mir! – Mit seinen langen Beinen war er bei drei Schritten immer einen voraus und mußte stehen bleiben, damit die Gefährten nur nachkommen konnten.

„Was hast Du's so hille, Aron?" fragte der Schneider, „willst noch nach Schul gehen? Die Sonne steht noch hoch. Deine Leut fangen noch nicht an zu oren."

„Was kümmert mich die Schul. Das Kaff ist noch weit, und ich muß mich umschauen. Ich hab Hunger und Durst, ihr Schneckenreiter."

„Heut abend fängt doch euer Neujahr an?" fuhr der Schneider unbeirrt fort.

„Verrückte Luder seid ihr doch", schnauzte der Müller darein, feiern Neujahr, wenn die Aeppel noch auf den Bäumen sitzen. Kann denn da ein Mensch am Sylvester einen Punsch oder einen ordentlichen Grog trinken?"

„Ich glaub, Peter, den söffest du auch in den Hundstagen." Und schon war er wieder ein paar Schritte voraus.

Dem Schneider ging der Atem aus.

„Nun wart doch, Aron, bist doch keine Eisenbahn."

„Warum bist du eigentlich Färber geworden?" fragte der Müller, nicht aus Wißbegierde, nur um ihn durch Sprechen zurückzuhalten.

„Warum bist du Müller geworden?"

„Weil mein Alter es wollte."

„Und ich Färber, weil meiner es auch wollte."

„Bist zum Handelsmann wohl zu dumm gewesen. Aber anschmieren kannst du die Leute ja auch so, kannst ihnen blauen Dunst vormachen und schlechte Sachen schön färben und als neu verkloppen."

„Wenns auf die Dummheit ankommt, Peter, dann hättst du Pastor werden müssen. Weißt doch, wie die Bauern sagen: Use Stöffelken sull Pastaur wern."

„Sag mir nix auf die Pastoren, Jud!"

„Fällt mir nicht ein. Der einzige gute Lehrer, den ich gehabt hab, war ein Pastor. Es tut mir heut noch beinah leid, daß ich ihn so oft geärgert hab."

„Du?"

„Ja, ich. Wo's einen Streich zu spielen gab, war ich an der Spitze. Einmal hatten wir Naturgeschichte. Das war uns zu langweilig. Da holte ich aus des Nachbars Stall den Bock und eine Ziege und band sie ans Katheder. Der Pastor kam ins Schulzimmer, machte große Augen und schimpfte, was das Zeug halten wollte. Und der Bock meckerte, und wir kicherten. Ihr Teufelsbande, schrie er wütend, was soll das? „Herr Pastor", sagte ich ganz unschuldig, damit Sie uns an dem Ziegenvieh alles besser erklären können. Nu aber raus damit! schrie er, aber dabei schmunzelte er schon, und bis wir achtzehn Jungen die starrköppischen Biester wieder in den Stall gebracht hatten, war die Stunde glücklich rum."

Wieder war er schon voraus, und wieder begann der Schneider zu fragen.

„Warum bist du eigentlich nicht in Barmen geblieben, Aron? Da gab's doch Färbereien genug."

„Weil mich keiner von den Krauters haben wollte, die Muckers!"

„Warum nicht?"

„Weil ich Jude bin. Ja, vor zwei Jahren, 48, da hieß es: Völkerfrühling und Freiheit und Gleichheit, und ein Mensch ist so viel wie der andere. Und heute? Ein jüdischer Geselle? Gott bewahre, da laufen uns die andern davon!"

„Haben auch recht", brummte der Müller, „Betrügers seid ihr doch alle."

Da blieb der Lange stehn, wandte sich um und schrie mit zornerstickter Stimme:

„Alle? Mein Vater und meine Mutter waren's auch?"

„Auch."

Da stand er mit einem Satz vor ihm.

„Was willst du mir denn, du Dreifingermann?"

Aber im nächsten Augenblick schon hatte der Färber mit scharfem Griff des Müllers Kehle umschnürt und stieß wütend heraus. „Nu sag nein, oder ich erwürg dich!"

Der Schneider trat dazwischen.

„Sei doch vernünftig, Aron. In einem so dicken Kopp wie dem Peter seinen kann doch nicht lauter Gescheitheit sitzen, die Dummheit will doch auch Platz haben, und was die Betrügerei angeht, wie singt das alte Lied doch?

> Das Bäuerlein in die Mühle schreit,
> Müller, hast mir das Mehl bereit?
> Du hast mirs halbe gestohlen.

Da lachte der gutmütige Färber und ließ den Müller los. Der hustete und prustete eine Weile und dann zischte er:

„Verdammter Jud! Verfluchter Hund!"

Aber der Färber hörte es nicht mehr. Er war den beiden schon weit voraus. Die Lust am gemeinsamen Wandern war ihm vergangen, und nun eilte er mit weiten Schritten dem Städtchen zu.

Die Sonne spiegelte sich schon rotgolden in den kleinen Fensterscheiben, als er den Ort betrat. Er schaute sich nach beiden Seiten der Straße um und las die Schilder Haus um Haus. Hier wohnen viele Juden, dachte er, aber mit der Färberei sieht es schlecht aus.

Da kam ihm ein kleines Mädchen entgegen, ein schwarzes Büchlein in der Hand.

„Wo ist die Herberge zur Heimat?" fragte er.

„Bitte, zweite Straße rechts, dann erste Gasse links und dann wieder zweite rechts."

„Rechts, wie ich stehe, oder wie du stehst?"

„Natürlich doch, wie Sie stehen. Sie wollen doch dahin."

Solch genaue, sichere Auskunft hatte er selten bekommen. Gewöhnlich bezeichnen die so Gefragten rechts und links nur von ihrem Standpunkt aus. Sich in die Lage des andern zu versetzen, fällt den meisten Menschen so schwer und ist doch Vorbedingung jedes Verständnisses. Und die Kleine kann das schon.

„Gerade aus, wie Sie stehen und dann" – fing das Kind wieder an.

„Ich weiß schon", unterbrach er sie und sah sich das zierliche blonde Ding näher an. Nach ihrer Größe mochte sie etwa acht Jahre alt sein; aber die blitzenden, klugen blauen Augen verrieten ein höheres Alter.

„Wie alt bist du eigentlich, Mädel?" fragte er.

„Bald zwölf", wiederholte sie selbstbewußt.

„Und wohin willst du mit deinem Büchlein?"

Da guckte sie ihn scharf an.

„Sind Sie Jude?"

„Ja, Kind."

„Heut ist doch Rauschhaschonoh. Ich muß zur Synagoge."

Und fort war sie.

Er sah ihr nach. Wie anmutig sie dahinwippte, wie ein Vögelein. Er wartete, bis sie um die Ecke verschwunden war. Dann schritt er eilends der Herberge zu.

Heut ist doch Rauschhaschonoh, summte es in ihm nach. Und vor ihm stieg ein kleines backsteinrotes Häuschen auf, und er stand mit dem Bruder und den beiden Schwestern in einem schmalen, hellerleuchteten Zimmer. Der Tisch war gedeckt, auf der weißen Zwehle lag der braune mohnbestreute Berches, der Vater machte Kiddusch, und die Mutter benschte die Kinder der Reihe nach und gab dabei jedem einen Kuß. Dann sagte er, der Jüngste, seinen Spruch her, denselben Spruch den er, auf goldberandetem Papier sorgsam aufgeschrieben, dabei überreichte. Und dann setzten sich alle, froher Neujahrsgedanken voll, zu dem verlockenden Mahl ... Nun waren die Eltern schon lange beide tot, die Geschwister in alle Welt zerstreut. Rauschhaschonoh! „Leschonoh tauwo tikosew. Zu einem guten Jahr sollst du eingeschrieben werden", kam es wie von selbst über seine Lippen. Wie das festsaß! Wie lange hatte er nicht gebetet, wie lange war er in keinem Gotteshaus gewesen. Langsam schritt er der Herberge zu, leierte seinen Gesellenspruch her und ließ sich von dem Herbergsvater einen Platz anweisen.

Dann wusch er sich Hände und Gesicht, strich sich Haar und Kleider zurecht und suchte die Synagoge auf.

Der Gottesdienst hatte schon begonnen, und man sah sich nach ihm um, als er eintrat. Er stellte sich hinter einen Ständer der letzten Reihe und der Schammes reichte ihm ein Machsor. Leicht fand er sich darin zurecht. Von Kindheit an war ihm das Hebräische lieb und vertraut gewesen.

Es ging in dieser kleinen Synagoge nicht zu wie in einer Judenschul, wie die alte Redensart und das alte Wort für das jüdische Gotteshaus lautete. Mit der neuen Zeit war ein neuer Geist eingezogen. Es durfte nicht jeder einzelne mehr nach seinem Belieben die Gebetstellen, an denen er gerade hielt, laut singen oder sagen. Ordnung und Stille herrschten. Nur gewisse Gebete wurden vom Vorsänger oder der ganzen Gemeinde gesungen, alles klar abgezirkelt wie in einem wohlgepflegten Garten. Ob aber die feine Blume der Andacht da ebenso tief wurzelte und so hoch aufblühte wie in dem alten verwilderten Garten?

Der Gottesdienst war zu Ende. Die Leute beglückwünschten sich zum neuen Jahr und schüttelten sich freundschaftlich die Hand. Die Schul war schon fast leer, der Färbergeselle stand noch auf seinem Platz, um den andern den Vortritt zu lassen. Da sah er, wie die Kleine, die er auf der Straße getroffen, einen älteren Mann am Rock zupfte und eindringlich auf ihn einsprach.

„Nur zu, Vater!" fing er noch auf.

Gleich darauf kam der Mann auf ihn zu und fragte ihn, ob er nicht heut abend sein Gast sein wolle.

Er wies auf seinen abgetragenen schäbigen Anzug hin.

„Es ist ja keine Hochzeit," sagte der Mann lächelnd, „Ihr sollt nur Mauze mit uns machen und uns Gelegenheit zu einer Mizwoh geben."

Da folgte er ihm, und die Kleine trippelte eilig voraus, den Gast anzumelden.

„Ihr Kind wohl?" fragte er auf sie hinweisend.

„Ja, mein Lenchen."

„Ein kluges Kind."

„Unbeschrien!" und aus dem Worte klang heller Stolz. „Und nit bloß klug, auch gut. Immer zufrieden und fröhlich! Wenn sie in ein dunkles Zimmer kommt, wird es ordentlich wie lichter Tag. Kennt Ihr sie schon?"

„Ich hab sie heut auf der Straße gesprochen. Ist wohl Ihr einziges Kind?"

„Ich hab noch mehr, zwei Jungens, der eine ist schon im Geschäft, und der andere will Lehrer studieren", fuhr der Mann vertraulich fort. „Wißt Ihr, es kommt nit viel dabei heraus, das weiß ich am besten, ich bin Vorsteher in der Kille, aber er will's nu einmal, und wenn der Mensch was will, und es ist nichts Schlechtes, muß man ihn gewähren lassen. Brav und nit dumm sind sie auch beide. Aber das Kind übertrifft sie doch. Es ist, sagt meine Frau, als ob sie das Beste, was in uns beiden Alten steckt, geerbt hätte, und nur das Beste. Und ich hab eine gute Frau. Was seid Ihr eigentlich?"

Sie standen gerade im Lichtschein eines hell erleuchteten Fensters. Der Geselle hob seine Hände hoch und spreizte die blauen Finger.

„Da können Sie es sehen."

„Was denn?"

„Ich bin Färber."

„Und heißen?"

„Aron Westheimer."

„Und Färber? Ein jüdischer Färber. Das hat man nit öfters. Ist aber gut so, besonders in unserer Zeit. Ein jüdischer Handwerker? Was Neues, aber was Gutes. Sie sagen ja immer, wir wären zu faul für Arbeit mit den Händen, es brächte uns zu wenig ein, darum gingen wir auf den Handel aus. Aber sie denken gar nit daran, daß bis auf unsere Tag kein Jude ein Stück Land kaufen konnt, kein Meister einen jüdischen Lehrling genommen hätt. Gut, daß es nu anders kommt. Wir wollen Broche machen über den jüdischen Handwerker. Der jüdische Bauer muß auch noch kommen."

Der Vorsteher, der sich gern als aufgeklärten und fortgeschrittenen Mann gab, ahnte nicht, wie schwer es der Handwerksmann an seiner Seite hatte, wie viel Unbill und Ungerechtigkeit, wie viel Härte und Schimpf er in seinen Lehrlings- und Gesellenjahren zu erdulden gehabt hatte. Es tat dem Färber darum doppelt wohl, einmal ein Wort der Anerkennung zu hören. Und als sein Führer nach einigen Schritten noch hinzufügte: „Da sind wir schon zu Haus. Scholaum aleichem!", da klang es ihm aus voller Seele zurück: „Aleichem scholaum!"

Friede mit euch! Mit euch sei Friede!
Sinnt einmal nach, gibt es unter allen Grüßen der Welt auch nur einen einzigen, der diesem an Tiefe, an Innigkeit und Größe gleichkäme? Friede! Alles Herzensglück und alle Erdenseligkeit liegt darin.

Die noch jugendliche Hausfrau von kleiner rundlicher Gestalt in weißem Festkleid empfing ihren Mann mit strahlendem Gesicht, und auch für den fremden Gast hatte sie ein herzliches Wort. Offenbar hatte das Kind schon auf ihn vorbereitet. Er mußte sich mit zu Tisch setzen, und die Süßäpfel, das übliche Festgericht, das die Süße des kommenden Jahres andeuten sollte, schmeckten ihm, als ob er noch nie so etwas Köstliches genossen. Wie wohl das tat, nach langer Zeit wieder einmal von dem Frieden eines Hauses umfangen zu sein!

Nach der Mahlzeit wollte der junge Geselle sich entfernen; aber der Hausherr bat ihn, noch zu bleiben. Er sei gewiß schon weit umhergekommen, was es denn Neues in der Welt gäbe? Ob er schon aus Deutschland raus gewesen sei? Was? Schon in Frankreich, in Paris sogar? Auch in Italien schon? Er solle doch mal erzählen.

Und nun erzählte er von seiner Wanderschaft durch Süddeutschland. Die Berge hinauf und hinunter, die Bäche entlang und die Ströme hinüber, machte Rast in Rotenburg an der Tauber, dem wundersam verzauberten Städtchen mit dem großen, schönen Rathaus und den vielen wuchtigen Türmen, alles so aus uralten Zeiten, daß man ordentlich staune, daß die Menschen da heute in modischen Kleidern gingen. Und dann wanderte er weiter nach den bayrischen Seen, dem dunkeln Kochelsee und dem waldgrünen Walchensee, und weiter nach Tirol hinüber zu dem hellblauen Achensee. Diese Seen seien noch schöner als die wolkenhohen, schneebedeckten Alpen, sie hätten so was menschlich Liebes an sich, guckten einen an wie ein gutes Auge, aber jene Berge seien wie die wilden Riesen, von denen die alten Sagen erzählten, daß sie mit Baumstämmen und Felsen umherwürfen und jeden Augenblick einen zerschmettern könnten.

Die kleinen Bächlein und Wässerlein aber, die immer von den Bergen hinunterliefen, die seien wie die Kinder. Was sie nicht alles zu schwatzen und zu erzählen hätten! Und wie die Länder wechselten, so auch die Menschen, bald trübe und ernst und verschlossen, bald heiter und froh und gesellig. Je weiter nach Süden, je sonniger und leichteren Sinnes, aber auch leichtsinniger. Doch Lust und Leid, Liebe und Haß da wie dort. Und die Welt sei überall schön. Eine grünende Wiese sei auch schön, ein blühender Dornstrauch eine wahre Augenweide, und ein Kornfeld im leisen Wind, als ob einem die Hand Gottes über die Backen ginge. Aber, wenn er daran dächte, wie er in Genua einmal durch das Tor eines großen Palastes, der an den Berg hinauf gebaut war, gesehen, und wie da sein Auge das Treppenhaus hinauf über die Marmorstufen gesprungen von einer Terrasse zur andern, von einer Bildsäule zur andern, und wie da ganz oben im Garten mitten im Winter ein dunkelgrüner Baum mit leuchtend goldnen Früchten gestanden, da habe er doch geglaubt, das müsse der Eingang zum Gan Eden sein. Ja, gewiß, die Welt sei überall schön, auch hier bei uns; aber wie groß und schön sie sei, die ganze Herrlichkeit Gottes, das ginge einem doch erst auf der Wanderschaft auf.

Wohl eine Stunde lang hatte er so erzählt, Erinnerung kam auf Erinnerung, Erlebnis auf Erlebnis, heitere und trübe. Er verschwieg auch nicht, wie er zuweilen gehungert und gefroren, wie Meister und Gesellen ihn, den Juden, oft verhöhnt, wie der Deckel, der Gendarm, ihn angefahren, wie er manchesmal Platte gerissen, im Freien übernachtet habe; aber auch wie lustig es immer wieder gewesen, wie oft er gute Menschen angetroffen und wie doch nichts über das Wandern ginge.

Und während seine Zuhörer ihm gespannt lauschten und Lenchen seine Worte mit halboffenem Munde einsog, ward ihm selbst zum erstenmal bewußt, daß er nicht des Handwerks wegen, nicht weil es so Sitte und Brauch war, daß er eigentlich nur der Wanderschaft wegen auf die Wanderschaft gegangen, ja, daß er vielleicht nur des Wanderns wegen Handwerksmann geworden war.

„Seid morgen zu Tisch wieder unser Gast", war der Dank, womit der Vorsteher ihn entließ.

Am folgenden Nachmittag ging er mit zum Taschlichmachen. Die Sonne schien matt vom stahlblauen Himmel, und der Herbst schlich gebückt über die Stoppelfelder, um die letzten Aehren zu sammeln. Eine leise Wehmut flog wie die Sommerfäden über das Land, und die Alten gingen mit ernsten, schweren Gesichtern zu dem rinnenden Bach. Die Kinder aber waren fröhlicher Dinge. Wie junge Hunde liefen sie hin und her, hatten bald dies, bald das zu sagen oder zu fragen. Es war das einzige Mal im ganzen langen Jahr, daß die Eltern mit ihnen spazieren gingen, und nun gar noch ins Feld, ins Freie, und die ganze Gemeinde zusammen.

Abseits vom Landwege, wo zwischen hohen Weiden ein Fußpfad in die Alme mündete, versammelten sich alle. Der alte, kränkliche Lehrer trug das übliche Gebet vor, halb singend, halb sagend, in einem klagenden Ton. Und dann murmelte groß und klein den alten Spruch:

> Meine Sünden sollen fortfließen,
> Sollen fortschießen,
> Und immer werden gedacht,
> Vor Schem jisborach gebracht.

Unwillkürlich mußte Aron Westheimer denken: O weh, wenn die Sünden nun mal herausspazierten aus der Seele, zum Wasser hin, sichtbar, ganz nackt, das gäbe ein Gewimmel und einen Anblick. Eine schöne Gesellschaft das! Entweder liefen die Menschen weg oder die Wasser. Und wie er sich das auf dem Heimweg noch ausmalte und sich lächelnd Einzelheiten vorzustellen versuchte, da sprang es ihm zur Seite und fragte mit heller Stimme:

„Herr Westheimer, hat Sternaus Moses oder Max, wie er sich jetzt nennt, nun recht, wenn er über das Taschlichmachen lacht und sagt, es sei nur Stuß, nur Unsinn."

„Kind, Verlachen ist leichter als Verstehen."

„Aber glauben Sie, Herr Westheimer, daß nun all unsere Sünden weg sind? Dann brauchen wir ja eigentlich keinen Jomkippur mehr."

„Das Taschlichmachen ist nur ein Symbol."

„Was ist das, ein Symbol?"

„Ein Symbol ist, ein Symbol – sieh, Kind, alles in der Welt hat zwei Seiten. Die eine sehen wir, und die andre sehen wir nicht. Die Dinge sind etwas und bedeuten auch etwas. Wenn Schmutz in ein lebendiges reines Wasser kommt, und wenn das Wasser ein paar Fuß weiter geflossen über Geröll und Gestein, dann ist es wieder ganz klar. Unsere Seele ist ein fließendes Wasser. Die Sünden und die bösen Gedanken sind der Schmutz. Die Reue aber und das Leid sind das Gestein, die nehmen das Unreine fort, daß die Seele wieder rein wird. Nur ein Symbol ist das Taschlichmachen. Vielleicht ist unser Leben auch nur ein Symbol, doch das verstehst du nicht, Kind."

Die Kleine schwieg einen Augenblick, aber dann fragte sie wieder mit eindringlicher, fast bittender Stimme:

„Herr Westheimer, warum sind Sie nicht Lehrer geworden?"

Er sah erstaunt zu ihr nieder.

„Wie kommst du darauf, Lenchen?"

Es war das erstemal, daß er sie mit ihrem Namen nannte, und ein heller Glanz leuchtete in den dunkelblauen Augen auf, und eine dankbare Freude rötete das zarte Gesicht des Kindes.

„Wie kommst du darauf?" wiederholte er, als sie noch schwieg.

„Weil Sie so schön sprechen können, Herr Westheimer, und weil Sie uns gestern Abend eine so schöne Geographiestunde gegeben haben."

„Geographiestunde?"

„Es ist sonst die langweiligste von allen. Namen, Namen und nichts als Namen. Man kann sich gar nichts dabei denken, und wenn man sie heute gelernt hat, hat man sie morgen schon wieder vergessen. Aber, was Sie erzählt haben, behalt ich mein Leben lang. Sie hätten Lehrer werden müssen."

Da streckte er ihr seine rechte Hand hin. Sie hatte es schon längst bemerkt, daß ihm der Zeigefinger fehlte und der Mittelfinger nur noch halb da war, aber trotzdem schrak sie zusammen und fragte stotternd: „Wer hat das getan?"

„Einer, der mich ganz lieb hatte, mein Bruder. Er hieb sich einen Stock zurecht. Ich stand dabei, ich war erst zwei Jahre alt, und griff nach den Spänchen. Mein Bruder sah es nicht, das Beil sauste nieder, und da lagen die schönen Fingerchen."

„O Gott!"

„Ist nicht so schlimm. Aber das Schreiben ist mir schwer geworden, und ein Lehrer muß eine gute Handschrift haben, und ordentlich prügeln muß er auch können, nicht wahr, Lenchen?"

„Ich hab noch nie Prügel bekommen. Mir wird das Lernen ganz leicht."

„Ist mir auch grad nicht schwer geworden. Einmal wär ich beinah Rabbiner geworden."

„Rabbiner?" Und sie sah mit großen, erstaunten Augen zu ihm empor.

„Nur in der Schule und nur zum Spaß. Ich besuchte die Rektoratsschule. Ein alter würdiger Pastor war unser Lehrer. Eines Morgens, als er in die Schule kam, riefen ihm die anderen Jungens zu: Herr Pastor, Westheimer will Rabbiner werden! Da machte er ein ernstes Gesicht und wandte sich zu mir: Meinst du, das ginge so leicht? Ja, schrien die Jungens, er hat gesagt, predigen könne er schon so gut wie ein Pastor. Solch ein eingebildeter Judenjunge! rief der Pastor, da soll er es mal gleich probieren, schnell aufs Katheder. Du unverschämter Einfaltspinsel, dann wollen wir's mal hören. Ich zögerte noch, da schoben mich die andern jubelnd aufs Katheder. Einen Augenblick stand ich verlegen da, dann schrie ich Ruhe! Ruhe! Da wurden sie still, und ich fing an den Schirhamalaus zu sagen, erst auf hebräisch, dann auf deutsch.

Das ist ganz schön, sagte der Pfarrer lächelnd, aber das ist nur ein Psalm, das ist noch keine Predigt. Also weiter. Und da fing ich an: Mein geliebtes Publikum, die Welt ist dumm, aber mein geliebtes Publikum – weiter kam ich nicht, die Jungens lachten so unbändig, daß ich aufhörte und vom Katheder hinunterlief. Aber die erste Stunde war zu Ende, und ich hatte was gelernt."

„Was denn?"

„Bescheidenheit, mein Kind. An den Rabbiner habe ich in Wirklichkeit nie gedacht; aber auch vor dem Lehrer war mir bange."

„Bange?"

„Vor zweierlei. Ich bin als Schüler ein rechter Taugenichts gewesen, das hast du eben schon gehört, und ich fürchtete, die Kinder könnten mir auch mal die Stunden schwer machen."

„Ich glaub, wir hätten schon Respekt vor Ihnen."

„Und dann, ich kann nicht recht singen."

„Singen? Das ist doch das Leichteste auf der Welt. Ich kann alle Melodien und alle Niggins! Wenn ich einen Lechodaudi einmal höre, sing ich ihn gleich nach."

„Ja, Lenchen, wer es kann, der kann es. Und schön ist es, daß du es kannst."

Da kamen die Eltern hinzu, und die Unterhaltung brach ab. Lenchen dachte, sie sei doch ebenso schön gewesen wie die Geographiestunde, und Aron Westheimer wunderte sich mit leisem Bedauern, wie er dazu gekommen, diesem Kinde so viel von sich zu erzählen. Aber, wenn man es ansieht, dachte er, sich selber entschuldigend, muß man Vertrauen zu ihm haben, es ist wie einer dieser klaren, tiefen Bergseen, sie nehmen alles in sich auf.

Drei Tage später begab sich Färber Westheimer wieder auf die Wanderschaft. Sein Weg führte am Schulhause vorbei. Schon von weitem hörte er das Lärmen und Lachen der Kinder. Lenchen stand auf der Straße vor der Türe, umherspähend, als ob sie auf jemanden warte. Er wunderte sich, daß die Schule noch nicht angefangen habe, da erklärte sie ihm, sie finge heute überhaupt nicht an, der Lehrer habe zu ihrem Vater geschickt, er könne heut nicht unterrichten, er sei krank.

„Das wird eine Freude geben," sagte der Färber, „wenn du mit deiner Botschaft kommst."

Sie erwiderte erst nichts, sah einen Augenblick an ihm hinauf und hinab, als ob sie seinen Anzug prüfe, und dann sprudelte sie heraus: „Herr Westheimer, geben Sie uns eine Stunde!"

„Wohin denkst du, Kind! Ich bin doch kein Lehrer."

„Tun Sie's nur. Eine Geographiestunde, bitte, bitte!"

„Damit die Kinder mich auslachen!"

„Sie werden es ganz gewiß nicht. Sie werden sich freuen, ich weiß es ganz bestimmt. Sie tun es? Ja? Bitte, bitte! Ich will es ihnen schon ansagen!" Und damit sprang sie die Treppe hinauf.

Der junge Färbergeselle schwankte noch einen Augenblick, was zu tun. War es nun die Lust an einem kleinen Abenteuer, die alte Freude an losen Streichen, oder war es das schmeichelnde Bitten der Kleinen – langsam folgte er ihr.

Die aber hatte inzwischen die Kinder in ihrer Weise vorbereitet, hatte ihnen erzählt, daß in dem Gast, der die Feiertage bei ihnen gewesen, ein heimlicher Lehrer stecke, der gleich eine Probestunde geben wolle. Wenn er nun frage, was sie in der ersten Stunde hätten, dann sollten sie sagen: Geographie. Geographie sei das schwerste, da könne er sich mal die Zähne dran ausbeißen.

Und da trat er schon herein.

Die Kinder standen auf.

„Guten Morgen, Herr Lehrer!"

„Guten Morgen!" erwidert er forsch, legte Felleisen und Stock auf einen Stuhl und trat schnellen Schritts auf den Katheder.

Dann sah er sich die Schar an. Etwa dreißig Kinder, Knaben und Mädchen, im Alter von sechs bis vierzehn Jahren. Und sah, wie einige Dutzend Augen ihn mit neugierigen Blicken musterten, und glaubte, in jedem Blick die Frage zu lesen: Das ist ein Lehrer? In solchem Anzug? Und mit Ränzel und Stock? Ein Lehrer?

Da ward er unsicher. Die Kinder standen und warteten, und er stand und wartete auch. Und er sann, womit beginnen? Und die Gedanken jagten rückwärts zu der eigenen Schulzeit, und da erinnerte er sich, mit welchen Worten die Lehrer jedesmal den Unterricht begonnen hatten. Und hastig kams heraus: „Wo sind wir zuletzt stehen geblieben?"

Die Kinder drehten die Köpfe, guckten einander erstaunt an, und ein Vorwitz sagte laut: „Auf derselben Stelle, auf der wir jetzt noch stehen."

Da lachten schon einige laut und unverschämt.

Hilflos blickte er umher, bis sein Auge auf Lenchen haften blieb. Die zeigte auf und fragte bescheiden. „Dürfen wir uns setzen?"

„Aber gewiß, natürlich, Kinder, setzt euch doch nur!" erlaubte er in gönnerhaftem Ton.

Gott sei Dank! Da saßen sie. Aber wie nun weiter?

Unwillkürlich drängte es sich ihm auf die Lippen: Geliebtes Publikum – aber erzwang es noch hinter die Zähne zurück, schloß den Mund messerscharf, kniff die Augen ein und zog die Stirn in finstere Falten. Hu, dachten die Kinder, der kann furchtbar strenge sein, und waren mäuschenstill.

Aber nur ein Weilchen. Da fing es schon an zu wispern und zu tuscheln, und die Füße machten sich hörbar.

Wieder zeigte Lenchen auf; aber ohne zu warten, bis er sie bemerkte, fragte sie: „Darf ich heute beten?"

„Jawohl, mein Kind, natürlich."

Da stand sie auf und sagte laut das Schulgebet, und die andern sprachen es leise mit.

Er nickte ihr mit dankbarem Blick zu. Inzwischen hatte er sich besinnen können und fragte nun mit energischer Stimme:

„Was habt ihr in der ersten Stunde?"

„Religion."

„Nein, Geographie."

„Nein, Religion!"

„Geographie!"

„Religion!"

„Geographie! Geographie!"

Und die Geographie hatte die Mehrheit.

„Also Geographie," entschied er bekräftigend.

„Und was habt ihr zuletzt durchgenommen?"
„Den Rhein."
„So so, den Rhein, den Rhein, so so. Was wißt ihr denn davon?"
Und der Erste schnurrte her: „Der Rhein entspringt auf dem St. Gotthard, fließt durch den Bodensee, hat bei Schaffhausen einen Wasserfall, macht ein Knie bei Basel und eins bei Mainz und mündet unweit Rotterdam in die Nordsee. Seine rechten Nebenflüsse heißen: Neckar, Main, Lahn, Sieg, Ruhr, Lippe; seine linken –"
„Genug. Das war brav. Hat auch schon einer von euch mal den Rhein gesehen?"
Kein Finger erhob sich.
„Dann will ich euch von ihm erzählen."
Und nun erzählte er zuerst von dem großen weißhaarigen St. Gotthard und von seinem kleinen Jungen, dem Rhein, der ihm lachend in hellen Sätzen davonspringt, erzählte, wie der Junge größer und größer wird, den Bodensee durchschwimmt und bei Lauffen sich mit tollem Brausen und Schäumen die Felsen hinunterstürzt, wie er dann immer gesetzter und ruhiger wird und willig Kähne und Boote und Schiffe mitnimmt. Und erzählte von allem, was er auf seinem Wege sieht und hört, von den Weinbergen und den Winzern, von den Wäldern und den Flößern, von den großen Städten und den alten Ritterburgen, von dem hartherzigen Bischof Hatto und von der schönen Lorelei, von den heitern, lustsprühenden Menschen, die zwischen den Hügeln werken und singen, und von den ernsten, schweigsamen Leuten, die die Ebene durchpflügen, bis er zuletzt selber langsam und breit wie ein alter, bedächtiger Holländer Schiffer dem Meere zuschleicht – und erzählte das alles wie einer, der nicht nur den Rhein auf- und abgewandert, nicht nur ihn zu Berg und Tal gefahren, der auch alles mit hellen Augen gesehen, mit warmem Herzen erlebt hat.

Die Kinder hörten mäuschenstill zu, und als er geendet hatte, rang sich ein staunendes Ah! von ihren Lippen.

Da griff er schnell nach Ränzel und Wanderstab, rief: „Adjö, Kinder!" und eilte zur Tür hinaus wie einer, der ein schweres Unrecht getan.

„Wir danken auch!" scholl es ihm auf der Treppe nach, und er meinte, Lenchens Stimme vor allen andern hell und heiß in dem Ruf gehört zu haben.

Noch drei Jahre lang dippelte Aron Westheimer als Kunde die Landstraßen auf und ab, kehrte in den Herbergen zur Heimat ein und fragte „mit Gunst" bei den Zunftmeistern nach Arbeit. War der Meister da, so nahm er sich vor, seßhaft zu werden, nahte aber der Frühling, dann hieß es:

> Herr Meister, wir wollen rechnen,
> Jetzt kommt die Wanderzeit;
> Ihr habt uns diesen Winter
> Gehudelt und geheit.

Und mit Felleisen und Wanderstecken, das Sträußel am Hute, den Lederbeutel gefüllt und das Herz voll Wanderlust, ging es zum Tor hinaus:

> Durch Franken und Schwabenland,
> Durch Schweizerland zugleich,
> Tirol wie auch in Steiermark,
> Ins Ungarland hinein.
>
> Weil's uns da gefallen nicht,
> Marschieren wir nach Böhmen,
> Von Böhmen da nach Sachsenland,
> Da sind die Jungfern schöne.

Was ich nicht erlerne, muß ich erwandern, dachte er. Und so wanderte er durch das Reich und freute sich an Wald und Wiese, an Strömen und Seen und besah sich alle Merkwürdigkeiten in Stadt und Land. Bestaunte in Hamburg, wie es die Wandersitte gebot, den paukenschlagenden Esel und in Paderborn die drei Hasen im Domfenster, deren jeder zwei Ohren und die zusammen doch nur drei haben. Der Jungfern schöne sah er auch genug, war aber keine darunter, die ihm ans Herz rührte.

Im dritten Winter zog er sich ein Fußleiden zu, und der Fingerstumpf schmerzte mehr als je. Da nahm er sich vor, das Fechten zu lassen, zumal die Wittib, bei der er in Arbeit stand, ihn gut behandelte und ihm andeutete, sie wolle ihm Werkstelle und Kramladen ganz überlassen, wenn er nur eine kleine Anzahlung machen könne. Das hätte er nun schon gekonnt, ein kleines Erbe stand ihm noch zu, wenn nur der Frühling dieses Jahr nicht so verflucht früh gekommen wäre, die Bäume so merkwürdig reich geblüht und die Vögel so unerhört schön gesungen hätten. Da mußte er hinaus, mußte, wie treuherzig ihn auch die Alte zum Bleiben mahnte. „Es ist mir ja ganz einerlei, ob Jude oder Christ, aber mein Seliger hat die Färberei angefangen, und da möcht ich doch, daß sie weiterbestände." „Ich komme zum Herbst wieder," versprach er, „und dann wollen wir sehen."

Und vierzehn Tage nach der Aufsagefrist, an einem Sonntag, nahm er Abschied. Sie gab ihm den alten Wanderspruch mit auf den Weg, wie sie ihn oft von ihrem Manne gehört hatte: „Grüße mir Meister und Gesellen, so weit das Handwerk redlich ist. Ist es aber nicht redlich, so nimm Geld und Geldeswert und hilf's redlich machen. Its aber nicht redlich zu machen, so nimm dein Bündel auf den Nacken, und nimm deinen Degen an die Seiten, und laß Schelme und Diebe sitzen." Und aus eigenem gab sie noch hinzu: „Sieh weiter, als dein Weg läuft, der Groschen, den du nicht vertrinkst, ist doppelt verdient, geh mit andern zusammen, aber halte dich allein, und die schönste Wanderung muß in einem Haus enden."

Dann, als er schon den Fuß gewandt: „Vergiß Oeldesheim nicht!"

„Zum Herbst komm' ich wieder!" rief er zurück.

Sie schüttelte den Kopf; aber als die Vögel in wärmere Länder zogen, war er wieder da.

Und Aron Westheimer wurde Besitzer der Färberei und des Kurzwarengeschäftes von Heinrich Meyer. Der alte Name blieb bestehen, nur ein „Nachfolger" wurde noch dahinter auf das grüne Firmenschild gemalt. Einen Gesellen hatte er sich gleich mitgebracht, einen lustigen jungen Rheinländer, der tausend Schnurren erzählen und tausend Lieder pfeifen konnte. Natürlich stand er mit dem Meister auf du und du.

Anfangs schien alles vortrefflich zu gehen. Zwei arbeitskräftige, arbeitsfrohe junge Kerle, wenn es denen nicht glücken sollte! Und sie griffen mit festen Händen zu, eine ganze Woche lang. Da kam der Samstag. Das war er schon dem Andenken seiner Eltern, der Rücksicht auf die Glaubensgenossen in dem kleinen Städtchen schuldig, am Sabbath durfte er nicht arbeiten und auch nicht für sich arbeiten lassen. Und am Sonntag, da mußte Xaver, der Geselle, doch auch seinen Feiertag haben. Und:

> Montag ist des Sonntags Bruder,
> Dienstag liegen sie auch noch im Luder.

Nein, so arg trieben sie es nicht. Es war schon eine starke Belastung für den kleinen Betrieb, zwei Ruhetage in der Woche. Doch was macht das, wenn man abends so viel länger arbeitet. – Eine Zeitlang ging das auch. Aber dann erklärte der Geselle, Feierabend sei Feierabend, und ging zur Herberge. Und der Meister ward verdrießlich, und, um seinen Aerger hinunterzuspülen, ging er ins Wirtshaus. Erst aus Verdruß, dann aus Langeweile, zuletzt aus Gewohnheit.

Nach und nach bildete sich ein Kreis von Handwerkern, mittleren Beamten und kleinen Geschäftsleuten um ihn. Alle hatten den fröhlichen, gesprächigen und doch so bescheidenen jungen Mann gern und hörten mit Staunen und Andacht zu, wenn er von fremden Ländern und Völkern, von seinen Erlebnissen und Abenteuern erzählte. Von allem, was er als Jude erlebt und erlitten, was er in der Werkstelle wie in der Eßstube, auf der Landstraße wie in der Herberge an Hohn und Mißachtung zu erdulden gehabt, schwieg er. Es hätte den jüdischen Zuhörern wehtun und die andern verlegen machen können. – Hatte er eine Weile erzählt, dann trat das Kartenspiel in seine Rechte. Sechsundsechzig, Napoleon und Klawerjas. Eigentlich war er kein Freund davon, aber als guter Gesellschafter durfte er sich nicht ausschließen, durfte im eigentlichen Sinne kein Spielverderber sein. Und die paar Groschen, die man schlimmsten Falles dabei verlor, was machten die denn aus! Eine einzige Schürze verkauft, und es war wieder eingebracht.

Das Ladengeschäft, so wenig er auch davon verstand, behagte ihm besonders. Mit den Leuten zu scherzen und zu plaudern, sich die Stadtneuigkeiten berichten zu lassen, das war so ganz nach seinem Sinn. Auf die Färberei würde der Xaver schon achten. Aber der Xaver achtete nicht darauf, und der Winter war noch nicht zu Ende, als er schon den Wanderstecken ergriff. Ein neuer Geselle kam und ging, und wieder ein anderer und noch einer. Es war nur noch ein Gehen und Kommen, ein Kommen und Gehen. Merkwürdig, daß sie alle es nur so kurze Zeit bei ihm aushielten. Er behandelte sie doch gut. Sollte es doch vielleicht nur der jüdische Meister sein, der ihnen nicht zusagte?

Im dritten Winter gab er den Gesellen ganz auf und nahm statt seiner eine ältere, sprechgewandte Magd, die im Laden helfen konnte, damit er selber sich mehr der Färberei widmen konnte. Das schien zu glücken. Die Ware ging besser ab, denn je zuvor. Wenn er nur mehr

Kapital gehabt hätte! Da er immer auf Kredit nahm, mußte er um so teurer zahlen. Und das alte Sprichwort: „Borgen macht Sorgen", fing an, auch bei ihm zum Wahrwort zu werden. Wie ganz anders die Sprichwörter doch aussehen, wenn sie erst Blut aus unserem Leben getrunken.

Den Wirtshausfreunden konnte natürlich die häufige Mißstimmung des sonst so lustigen Gefährten nicht verborgen bleiben. Und eines Abends gesellte sich einer von ihnen, der Manufakturist Waldbaum, auf dem Heimweg zu ihm und fragte, was ihm denn eigentlich in die Quere gekommen. Er sei gar nicht mehr der Alte, oder vielmehr er sei nicht mehr der junge, der fröhliche, lebenslustige Aron Westheimer. Ob ihn Sorgen drückten oder sonst etwas? Nein? Dann wisse er, was ihm fehle. Die Frau fehle ihm. Er müsse heiraten, bald. Er sei noch zu jung? Ach was, jung gefreit, hat niemals gereut. Er wisse schon die rechte für ihn, eine Verwandte, ein sehr ansehnliches, kluges Mädchen, aus guter Familie, geschäftskundig und auch vermögend. Sie sei nicht mehr ganz jung; aber das gliche sich dann ja fein aus mit seinen eigenen Jahren. Beider Alter zusammen, durch zwei dividiert, das gäbe den rechten Durchschnitt. Und eine frische Kraft im Geschäft und neues Kapital – ob er sie sich nicht mal beschauen wollte? Warten? Worauf? Bis er die Rechte träfe? Warum dem Zufall überlassen, was ein guter Freund viel besser verstände. Die Juden, die so zerstreut wohnten und sich nicht umsehen könnten unter den Töchtern des Landes, seien auf solche Freundschaftsdienste angewiesen. Habe doch auch Abraham seinen Diener Elieser auf die Suche geschickt. Ansehen könne er sie sich doch mal, ansehen koste nichts. Nun? Nein? Er wolle aus Liebe heiraten? Natürlich, solle er auch. Aber die Liebe vor der Ehe sei gar nicht so wichtig, die Hauptsache sei die Liebe in der Ehe. Und bei ordentlichen Menschen käme die von selber, zumal wenn erst Kinder da wären. Kinder, das sei ein Glück, ein wahrer Himmelssegen. – Und dann erzählte er von seinen Kindern und von seiner Frau und seinem Glück, ließ auch leise mit einfließen, welch ein Vorteil es für einen jungen Mann wäre, mit solchem Hause und solchem Geschäft wie das seinige sei, verbunden zu sein.

Der Schwall der Worte und Gründe ergoß sich über Aron Westheimer in einer Fülle, daß er ganz durchweicht davon wurde und zuletzt widerstandslos einwilligte, den übernächsten Sonntag mit ihm auf Brautschau zu gehen, für morgen sei es zu spät.

Als er halbverwirrt, halb verdrießlich über seine Zusage nach Hause kam, wollte er sich noch an einem Buche aufrichten, steckte sich die lange Pfeife an und griff nach seinem Schiller. Umsonst. Der Kopf wollte nicht mit. Er riß das Fenster auf und blickte in die dunkle Frühlingsnacht. Noch sproßte kaum das erste Grün an den Büschen, aber ein wundersamer Duft stieg von der Erde zu ihm empor und ließ sein Herz in leiser Erregung zittern. „Jetzt wandern können", hauchte er, „wandern!" Und unwillkürlich war er wieder auf der Wanderschaft, stromauf und stromab, über Hügel und Höhen, und Bild auf Bild stieg vor ihm auf. Und auf einmal – wie kam es nur? – stand er mitten in dem kleinen westfälischen Städtchen, und eine Kinderstimme schlug an sein Ohr: „Heut ist doch Rauschaschonoh!" Und da saß er mitten in einem traulichen jüdischen Hause.

Daß er nie wieder dahingegangen! Er hatte es sich oft genug vorgenommen. Aber was alles hatte er sich nicht schon vorgenommen und ließ sich doch treiben, wie es kam. Bettler und Wanderer machen keine Umwege, hatte er sich mit der alten Redensart getröstet, und war frischen Schrittes doch manchen Umweg gegangen. Auf Brautschau gehen – es widerstrebte seiner innersten Natur; aber er fühlte, er werde doch den Weg gehen, werde vielleicht sogar, nein, das werde er nicht. Nie und nimmer werde er das. Am besten, er zöge seine Zusage gleich zurück. Oder frage jemanden um Rat. Aber wen denn? Den Rektor Hast vom Stammtisch, der immer so freundlich zu ihm war, weil er, wie er scherzend sagte, für seine Geographiestunde so viel von ihm lernen könnte? Nein, er schämte sich vor ihm. Konnte er zu ihm über seine geschäftlichen Sorgen, über Heiratsabsichten sprechen? Wenn er nur jemanden wüßte, einen, der so wäre wie der Vater des kleinen Mädchens – hieß sie nicht Lenchen? Zu dem könnte er Vertrauen haben. Wie stand der so ehrwürdig, so gütig vor seiner Seele. Zu ihm hinfahren? Ihm seine Not klagen? Unsinn, dem fremden Mann.

Hin und her gingen seine Gedanken, und als er sich zermürbt auf sein Lager warf, spannen sie sich im Traum weiter. Und er stand an der Alme und murmelte: Meine Sünden sollen fortfließen, sollen fortschießen. Und aus der Tiefe des Wassers stieg eine Gestalt empor, überlang, blutlos, in sich zusammengesunken, wie ein Leib ohne Knochen. Kennst du mich? Ich bin deine größte Sünde. Aber im selben Augenblick faßte ein kleines Mädchen die schlaff herabhängende

Hand des Langen: Komm nur, ich weiß den Weg, und da zog er sich zusammen, ward fest und sehnig, und da war er es selber, den sie anfaßte und zum Katheder führte: Bitte, geben Sie uns eine Geographiestunde. Da lachten alle Kinder in der Herberge halblaut auf, und eines stimmte an: Am Rhein, am Rhein, da wachsen unsre Reben! Er wollte mitsingen, riß den Mund auf und wurde wach. – Ein heller Sonntagmorgen blickte durch das Fenster.

Da hielt's ihn nicht mehr länger. Was Geschäft, was Färberei! Hinaus! Hinaus! Und er schritt, nein, lief durch das Städtchen auf die Landstraße, in die Felder. Wie die Lerchen jubilierten! Mir nach, mir nach, in den Himmel hinein! Ja, wer fliegen, wer nur singen könnte! Da kam ihm schon ein Frühlingslied aus der Kehle, falsch, falsch, daß die kleinen Halme sich kichernd bogen. Aber er sang es trotzdem unbekümmert zu Ende. Und er lugte nach den ersten Blättchen an den Büschen, nach den ersten Blümchen im Grase aus. Da ein Marienblümchen und da, wirklich, ein Veilchen! Der Frühling ist jetzt noch wie ein kleines Kind, dachte er. Man hört jeden Laut, sieht jedes Lächeln, jedes Augenzwinkern, wie es die Händchen bewegt und mit den Füßchen strampelt. Später kann es so viel, daß man es gar nicht mehr fassen kann.

Und von den Feldern schritt er in den Wald. Noch sah der Himmel tief hinein, noch konnte sich die Sonne an jeden Stamm legen. Alles sah noch winterlich aus. Und doch, da war ein Etwas, das ihn erquikkend, beseligend in Sinn und Seele zog. War es die Luft? War es der Duft? Die feuchte Wärme? Die wunderlich laute Stille? Langsam, bedächtig schritt er von Baum zu Baum, und meinte, gleich müsse eine Orgel anstimmen. –

Die Messe war schon aus und sein Laden geöffnet, als er heimkehrte. Er trat gleich hinein. Die Magd war geschäftig am Bedienen. Da schlug eine helle und doch weiche Stimme an sein Ohr. Wo hatte er die schon gehört? Wo doch?

„Kann ich den Herrn nicht selber sprechen?"

„Nein, nein, es geht nicht in so kurzer Zeit. Wir haben zu viel zu tun."

„Was geht nicht?" fragte er hinzutretend.

„Das Jackett soll gefärbt werden, in einer Woche:"

„Bitte, wenn es eben geht, Herr Westheimer, bitte."

Wieder die Stimme. Und ein kleines, zierliches Persönchen wandte sich ihm zu, und ein Paar großer, leuchtender Augen sahen ihn halb neugierig, halb scheu und schelmisch an.

Er betrachtete sie betroffen.

„Sie kennen mich?"

„Vielleicht."

„Woher? Wieso, mein Fräulein? Ich weiß wirklich nicht."

„Ich glaube, wir sahen uns einmal – in einer Geographiestunde." –

„Lenchen! Fräulein Lenchen!"

„Bin ich, Herr Westheimer. Und nun helfen Sie mir, daß ich das Jackett schnell wiederbekomme. Ich hab nur am nächsten Sonntag Zeit, es abzuholen. Ich bin nicht immer Herr über mich."

„Sind Sie verlobt?" schnellte er hinaus.

Er erschrak über seine tappsige Frage, und sie blickte verlegen zu Boden.

Aber trotzdem rang es sich aus ihm heraus: „Oder wollen Sie sich vielleicht verloben?"

Da blickte sie errötend zu ihm empor und sagte mit schelmischem Lächeln: „Vielleicht," setzte aber dann sofort scharf abschneidend hinzu: „Jetzt muß ich aber gehen."

Er begleitete sie zur Türe, fragte noch nach Eltern und Geschwistern und erfuhr, daß der Bruder im Dorf Berghausen, das nur wenige Stunden entfernt lag, Lehrer sei, und sie ihm den Haushalt führe.

Seltsam, das war ja dasselbe Dorf, wohin er auf Brautschau gehen sollte. Nächsten Sonntag schon.

„Daß Sie das schon können, einen Haushalt führen!" sagte er bewundernd.

Sie lachte: „Ein großes Kunststück! So jung bin ich doch nicht mehr. Adjö, Herr Westheimer!"

Er reichte ihr die Hand, in der er noch die losen Blümchen hielt. Sie fielen zur Erde, und sie bückte sich schnell danach.

„O, schon Veilchen, Veilchen!"

„Behalten Sie sie, wenn Sie wollen."

„Danke, gern!"

Da stand sie schon draußen.

„Vergessen Sie nicht," rief er ihr noch zu, „heut in acht Tagen ist alles fertig. Aber bitte, kommen Sie gegen Ende der Geschäftsstunden. Sie müssen mir noch mehr von Ihren Eltern erzählen."

Da war sie schon um die Ecke gegangen. Aber er sah noch lange die Straße hinunter, als ob er sie dahinschreiten sähe in ihrem leichten, anmutigen Gang weiter und weiter, bis er sich zuletzt die Augen rieb und nur leise aufseufzte: „Fort!"

Das war eine lange Woche für Aron Westheimer, und weder Arbeit, noch Wirtshausbesuch, noch Bücher schienen sie kürzen zu können. Gleich am ersten Werktag hatte er das Jackett hergenommen. Es sah noch so sauber und fein aus, und er wunderte sich, weshalb es ein anderes Gesicht haben sollte. Bevor er es in die Färberflotte tauchte, strich er liebkosend über es hin und her, und er hatte dabei ein Gefühl, wie er es noch nie empfunden. Er hätte mit dem Ding da in seiner Hand Zwiesprache halten und hätte es nach hunderterlei fragen können. Er murmelte auch allerlei vor sich hin und wußte doch nicht was und wie. Es steckte wohl ein geheimer Zauber in dem Zeug, etwas, was ihm den klaren Sinn nahm und ihn wie starker Wein berauschte. Als er dann gewrungen und getrocknet hatte, und es nun im tiefen Indigo vor ihm lag, war es ihm fremd geworden, und der Zauber war gewichen. Aber er rührte kein anderes Stück mehr an. Seine Hände sollten auch einmal wieder ihre natürliche Farbe bekommen.

Und die Woche ging zu Ende, und der Sonntag war da. Ein Frühlingssonntag.

Seine Brautfahrt hatte er aufgegeben. Er erwarte Besuch von einer Verwandten, er könne unmöglich mitgehen. Später vielleicht.

Und der Besuch kam auch, kam zu der erwarteten Stunde. Er schloß den Laden und bat die Kundin, sie auf ihrem Heimwege begleiten zu dürfen. Sie erwiderte nichts, und er nahm es als Gewährung. Solange sie durch das Städtchen schritten, plauderten sie lebhaft, sobald sie aber ins Freie kamen, schritten sie lautlos die Landstraße entlang, an Feldern und Wiesen, an Bäumen und Büschen vorüber. Aber in ihnen und um sie war es laut. Da flüsterte und fragte es, da sang und sprang es, und tausend Stimmen drängten sich hervor. Weiter, nur weiter, wachsen, werden! Und die warme Sonne legte sich um alles, um die beiden Wanderer auf dem Wege, um jeden Grashalm im Graben, um die Lerchen in der Luft, und alle Wesen und Dinge leuchteten wie von einer inneren Glut, und alle waren eins geworden, gehörten zusammen wie Kinder einer Mutter.

Ein Wagen begegnete ihnen mit jungen Burschen und Mädchen. Sie waren offenbar in fröhlichster Stimmung, aber wie denn der Deutsche, wenn er recht heiter ist, am liebsten traurige Lieder singt, als fühle er jederzeit die Vergänglichkeit alles Irdischen, scholl es ihnen plötzlich entgegen:

>Morgen muß ich fort von hier
>Und muß Abschied nehmen –

Da war der Bann gebrochen.

„Wie oft hab ich das schöne Lied gehört, Fräulein Schönfeld," sagte er, gehört und auch mitgebrummt, singen kann ich leider nicht."

„Das weiß ich. Das haben Sie mir schon einmal gesagt."

„Ich?"

„Auf dem Weg zum Almenbach, damals beim Taschlichmachen."

„Und das haben Sie so lange behalten?"

„Ich habe immer ein gutes Gedächtnis gehabt."

Dann schwiegen sie wieder.

Nach einer Weile fragte er: „Was hat man eigentlich in der Gemeinde über mich und meinen dummen Streich gesagt?"

„Die Alten meinten, Sie wären ein gefährlicher Mensch."

„Du lieber Gott, ich und gefährlich! Und Ihr Vater?"

„Der sagte, Sie wären nur abenteuerlustig wie alle Handwerksburschen."

„Und die Kinder?"

„Die blieben dabei, Sie wären doch ein geheimer Lehrer."

„Sie selber aber, Fräulein Schönfeld?"

„Ich hab manchmal gedacht, wenn es gar zu langweilig in der Schule war, so eine Geographiestunde möchte ich mal wieder haben. Warum sind sie nie wieder zu uns gekommen?"

„Weil ich mich geschämt habe."

Sie waren in einen Seitenweg eingebogen, der durch einen Busch neben der Landstraße herlief. Die silberstämmigen Birken schimmerten schon grünlich hell, ein Star schmetterte seinen Frühlingsgruß von einer kahlen Eiche, und mitten aus dem welken, rotbraunen Buchenlaub am Boden lugten die ersten Anemonen.

Da blieb er stehen, als ob er dem Lied des Vogels lausche, aber er suchte nach einem Wort.

„Seltsam, daß wir uns nach so langer Zeit wieder getroffen haben," sagte er endlich.

Sie lächelte.

„Gar nicht so seltsam, wie Sie meinen."
Er hörte es nicht.
Seine Seele ging auf fernen Wegen und spürte nach einem Pfad, der von dort nach hier führte.
Umsonst.
Da kam sie ihm entgegen.
„Ich glaubte gar nicht, Sie heut zu treffen, Herr Westheimer."
„Warum nicht?"
„Weil man Sie bei uns im Dorf erwartet."
Er erschrak. Sollte sie vielleicht – –
„Man erzählt, Sie wollten sich verloben."
Da fühlte er wieder den Boden unter den Füßen, fühlte die alte lustige Handwerksburschenlaune sich regen und sagte in hellem Uebermut. „Will ich auch, will ich auch!" Aber dann gleich in ernsterem Tone: „Sehen Sie, Fräulein Schönfeld, ich bin viel gewandert, hab viel Schönes und Herrliches gesehen, und nun bin ich seßhaft geworden; aber ich bin noch immer ein armer Reisender, der die Herberge zur Heimat sucht. Einen Kameraden möcht ich haben, einen Wandergenossen, der mit mir zöge bergauf und bergab, durch Dorn und Dikkicht, durch Nebel und Sonnenschein, ach, es wandert sich so gut zu zweien! Fräulein Lenchen, wenn Sie noch frei sind," und er ergriff ihre Hand, "das sollte eine Wanderschaft werden – eine Geographiestunde – eine Stunde" –. Und er umschlang sie und zog sie an seine Brust, „Lenchen, eine Stunde" –
Und sie flüsterte „ohne Ende!"
Und dann, nachdem er sie halbtot geküßt, stammelte sie atemlos: „Du bist doch ein gefährlicher Mensch!"

Das Glück war eingezogen in dem kleine Färberhaus, das Glück und die Sorge. Ein großes Glück und eine große Sorge. Jedes Jahr, wenn die Bäume blühten, hatte Frau Lenchen ein Kind an der Brust, und jedes war besonders schön und war besonders klug; aber jedes vermehrte auch den Druck, der auf ihnen lag. Vater und Brüder hätten vielleicht helfen können; aber sie war zu stolz auf ihren Mann, als daß sie darum gebeten hätte. War er doch fleißig von früh bis spät und sah das Wirtshaus nur, wenn sie ihn hintrieb. In den ersten Monaten ihrer Ehe hatte sie versucht, auch selber im Geschäft zu helfen, und ihre freundliche, muntere Art sprach alle Leute an. Aber Kathrine, die Magd, erklärte, jeder müsse seine eigene Ordnung halten, die Frau im Hause, sie im Laden, man könne nicht zweien Herren dienen, aber zwei Herren könnten auch nicht über ein Land regieren. Wenn ihr das nicht passe, wolle sie lieber gleich gehen. Da wich sie, und als nun noch die Kinder kamen, da machte sie gar keinen Versuch mehr, ihr Recht auf den Laden zu wahren.

Aber da geschah es, daß ihr Mann nach einer schweren Erkältung an Lungenentzündung erkrankte. Sie pflegte ihn ganz allein, und als die Gefahr vorüber war, da war's, als ob in den trüben Wochen ihre Kraft sich verdoppelt habe. Ohne eine fremde Hilfe betreute sie die vier kleinen Kinder, sah nach der Färberei, in der wieder ein Geselle arbeitete, war stundenlang im Laden tätig und saß spät abends noch über den Geschäftsbüchern. Und immer heiter dabei, ein Scherzwort auf den Lippen, einen Liebesblick in den Augen. Eine rechte Frau ist wie ein Bach in der Ebene, dachte ihr Mann, immer in Bewegung und doch gleichmäßig ruhig. Er treibt die Räder der Mühle, tränkt die Wiesen und spiegelt den Himmel wider.

Aber eines Abends finsterte sich doch ihre Stirn. Sie rechnete und rechnete, doch Einkauf und Verkauf der Waren wollte nicht stimmen. Am folgenden Tage fing sie an, halbverkaufte Stücke Zeug auszumessen, und abends rechnete sie wieder. Sie wollte es noch nicht glauben, aber am dritten Tage stand es bei ihr fest: Kathrine, die fleißige, treue, war untreu gewesen, hatte sie bestohlen, es konnte nicht anders sein. Nun verdoppelte sie ihre Wachsamkeit und bald sah sie, was sie nicht sehen sollte. Sie rief Kathrine in ihre Kammer und sagte ihr auf den Kopf zu, daß sie eine Diebin sei. Das Mädchen fuhr zunächst empört auf, das sei nun der Lohn für ihre Guttat, darum habe sie so lange treu in dem dürftigen Haushalt ausgehalten, aber so machten es die Herrschaften immer, und sie ließe sich das nicht gefallen. Dann, als die Frau fest blieb, fing sie bitterlich an zu weinen und beteuerte ihre Unschuld, doch zuletzt, als es hieß: „Koffer aufschließen oder Polizei!" gestand sie alles und gab heraus, was sie noch an Diebesgut versteckt hatte.

„Ich mag nicht vor Gericht gehen," sagte Frau Lenchen und ließ die Magd unbehelligt laufen.

Erst als der Mann wieder genesen war, erfuhr er den ganzen Hergang; bis dahin hatte er geglaubt, die Arbeit sei der Kathrine zu viel geworden. Statt ihrer wurde ein junges Mädchen für die Kinder genommen, und Frau Lenchen war nun allein im Laden tätig. So war ein Schaden gefunden und ausgebessert; aber das Faß war an allen Seiten leck. Die Schulden hatten sich gehäuft, die Zinsen waren kaum zu erschwingen, und die Gläubiger mahnten. Es war eine schwere Zeit. Der sonst so frohgemute, zuversichtliche Westheimer ließ den Kopf hängen und erging sich in Selbstanklagen. Er habe nicht recht aufgepaßt, habe zu viel im Wirtshaus gesessen, er eigne sich überhaupt nicht zum Geschäftsmann, auch zum Handwerksmeister sei er verdorben, das habe er schon lange gefühlt, er sei überhaupt für nichts gut, als Frau und Kinder ins Unglück zu stürzen.

Frau Lenchen war in all der Zeit heiter und guter Dinge gewesen. Nie war eine Klage, ein Vorwurf laut geworden. Aber jetzt fuhr sie auf. Was sei das für ein erbärmliches Gewäsch, sei das eines Mannes würdig? Er solle doch mal in die Kinderstube gehen und sich angukken, was er angerichtet. Ob das da nach Unglück aussähe? Oder ob sie selber wie ein Häufchen Elend anzusehen sei? Das wäre ein wirkliches Unglück, wenn er jetzt den Kopf verlöre. Nun heiße es nicht rückwärts sehen, nun müsse man sinnen, wie man vorwärts käme, und wenn es auf dem alten Wege nicht ginge, einen neuen suchen. Was habe er denn verschuldet? Gegen Untreue und Mißgeschick könne niemand, er sei fleißig und sparsam gewesen wie nur einer! „Un wenn einer deut, wat he kann, dann kann he nich mehr dauen, as he deut." – Seit kurzem war Reuter zu den vielen Lieblingen, die sie hatte, hinzugekommen, ja, war ihr Oberliebling geworden, und sie pflegte ihn gern zu zitieren.

Einen neuen Weg suchen – das ging den Mann nicht mehr aus dem Sinn. Wenn er Färberei und Geschäft verkaufte, konnten die Schulden gedeckt werden. Aber was dann? Er rannte immer vor verschlossene Türen. Eine zwar schien nur angelehnt zu sein, aber er wagte noch nicht, sie aufzumachen.

„Geh mal ins Wirtshaus," mahnte die Frau, die seinen heißen inneren Kampf mitfühlte, „sprich mal mit deinen Freunden und sei wieder fröhlich. Eine fröhliche Stunde bringt den Menschen weiter als ein ganzer Tag Kopfhängerei."

Als er spät abends wieder heimkam, sah Frau Lenchen gleich, daß die Schatten von seiner Stirn gewichen, und in den Augen der alte helle Glanz leuchtete. Sie sagte und fragte aber nichts.

Er setzte sich zu ihr und sah mit Wohlgefallen, wie die fleißigen Hände an einem Kinderstrümpfchen strickten.

„Du mußt immer tätig sein, immer unermüdlich schaffen, gönn dir doch mal eine Stunde Ruhe."

„Dies ist ja Ruhe, lieber Junge, ich hab sogar eine ganze Stunde dabei gelesen."

„Reuter natürlich."

„Natürlich, Reuter."

Dann schwiegen sie wieder beide.

Nach einer Weile seufzte er: „Ach, wenn ich nur singen könnte!"

Da warf sie das Strickzeug weg, legte ihm beide Hände auf die Schulter und guckte ihm tief in die Augen.

„Du kannst ja singen, Schatz."

„Lach mich nicht aus!"

„Nein, es ist mein heiliger Ernst. Weißt du noch, als wir uns verlobt haben? Du wolltest in derselben Stunde mit zu meinem Bruder gehen und den folgenden Sonntag gleich zu den Eltern fahren. Ich aber wollte es nicht. Ein Garten, der für alle offen liegt, ist nicht mehr ganz mein Garten. Ein bißchen Heimlichkeit muß dabei sein. Beim Glück auch. Und da hielten wir es den ganzen Sommer verschwiegen. Aber jeden Sonntag nachmittag –

„Zuweilen auch am Sabbath", fiel er ein.

„Jeden Sonntag nachmittag," fuhr sie unbeirrt fort, „trafen wir uns in unserem Wäldchen. Es war unser, denn so wie uns gehörte es keinem mehr auf der Welt. Und einmal – weißt du noch? Da kam ich dir singend entgegen. Was singst du da? fragtest du. Einen neuen Lechodaudi. Paßt das Lied nicht wunderschön für uns? Lecho daudi likras kalloh. Wie hattest du es doch übersetzt?

Komm, Geliebter, der Braut entgegen,
Froh zu empfangen des Sabbaths Segen."

„Ja, Lenchen," und er legte den Arm um ihren Nacken, „und du sahst damals wirklich aus, wie der lichtige Sabbath selber."

„Damals nur?"

„Immer. Aber damals ganz besonders. Und ich wollte auch gleich meinen Segen haben. Du aber warst widerspenstig und lachtest: erst müßte ich den Lechodaudi singen können. Und sangest mir vor, und ich mußte nachsingen, und sangest und lachtest und sangest immer

wieder, und zuletzt konnt ich ihn wirklich und kriegte richtig meinen Segen. Weißt du so" –
Sie entwand sich ihm.
„So alte Leute! Wenn die Kinder es hörten!"
„Und wenn schon! Heute bettle ich aber nicht mehr. Heute will ich mein Recht."
„Und ich sag gerade wie damals – erst singe mir den Lechodaudi."
„Wenn die Kinder das hörten!"
„Und wenn schon!"
Da sang er hell und rein.
Und da flog sie ihm an den Hals. „Da hast du deinen Segen!" und küßte ihn, wie sie nur in jungen Tagen geküßt hatte.

„Bist du nun zufrieden? So, dann setz dich hin, ganz brav und artig, und sag deinen Satz zu Ende: Ach, wenn ich singen könnte – was dann?"

„Dann würd ich Lehrer werden. Ich habe mit Rektor Hast darüber gesprochen. Er will mir helfen und meint, in einem halben Jahr könnt ich ins Examen gehen."

Sie bebte vor innerer Freude, aber sie ließ es sich nicht merken. Sie hatte seinen Entschluß kommen sehen, langsam, schon lange, lange, ja, sie hatte ihn gewünscht, erwartet, so lange sie ihn kannte; aber sie wollte ihn nicht aus ihm herauslocken, es sollte *sein* Entschluß bleiben.

„Lehrer werden, Westheimer," sagte sie bedächtig. „Du sprichst ein großes Wort gelassen aus. Lehrer werden ist noch ganz was anderes als Färber werden oder Kaufmann. Zum Lehrer muß man geboren sein wie zum Dichter oder Maler. Der Lehrer ist ein Künstler, und er hat es mit dem kostbarsten Stoff der Welt zu tun, mit unseren Kindern. Was er verfehlt, kann ein Unglück für die Welt sein. Hast du das schon bedacht, Westheimer?"

„Du selber hast mich ja darauf gebracht, Lenchen, damals bei der Geographiestunde in Lüde schon, du Spitzbübin!"

„Ja, damals war ich noch ein Kind. Aber wenn man selber Kinder hat, sieht alles anders aus. Man schaut tiefer in die Herzen und weiter in die Welt. Und auf all unserem Reden und Tun lastet eine schwere Verantwortung. Weißt du, wie es in den Sprüchen der Väter heißt? Ihr Weisen, seid vorsichtig mit euren Worten, daß eure Schüler sich nicht den Tod daraus trinken. Oder so ungefähr. Das gilt für die Lehrer und auch für die Eltern."

„Wenn man schon die Weisen so warnt, ich bin kein Weiser, dann laß ich es lieber ganz sein."

„Und dann?"

„Es wird sich schon was finden."

„Es wird sich. Das sagst du immer. Schämst du dich nicht vor unserem Hermann? Der sagt mit seinen sieben Jahren: Ich will! Dir ist bange vor jedem Wechsel, ja, vor dem bloßen Gedanken eines Wechsels. Aber das Glück fällt einem nicht in den Schoß. Man muß selber Hand und Bein regen. Und nun will ich dir ein Geständnis machen. Glaubst du etwa, du alter Faselhans, du seist von selber zu einer so ordentlichen Frau gekommen, wie du sie hast? Du warst ja schon auf dem besten Wege, dir eine alte, reiche Schachtel aufzuhalsen. Meinst du denn, es sei Zufall gewesen, daß ich an jenem Sonntag nach Oldesheim zu dir ins Geschäft kam? Es sei Zufall gewesen, daß mein Jackett, das noch ganz schön weiß war, auf einmal blau gefärbt werden mußte? Sehen wollt ich dich nur, und wenn du etwa dem Bilde glichest, das sich das dumme Göhr seit der berühmten Geographiestunde von dir gemacht hatte, dann wollte ich – guck mich nicht so dumm an und mach mich nicht ganz verbast – was weiß ich, was ich wollte. Aber mein Verdienst ist es und nicht deins, daß Lenchen Schönfeld deine Frau geworden ist. Und nun tu, was du willst."

Sie drehte sich um, als wolle sie fortgehen.

Er schwieg einen Augenblick und hielt sich mit der Rechten beide Augen zu, als könne er so um so klarer in sich hineinschauen. Und dann sagte er fest und bestimmt: „Ich werde Lehrer!"

Doch schon im nächsten Augenblick hinkte es zagend hinterher: „Aber" –

Sie wandte sich ihm wieder zu: „Nun, aber?"

„Mir ist so bange vor dem Vorbeten, vor dem Singen. Lehrer sein, schön, aber Kantor –."

„Wenn's weiter nichts ist, das wird schon gehen. Den Lechodaudi hast du damals in unserer Brautzeit in einem Nachmittag gelernt, und wenn wir nun fleißig üben, abends und morgens, vor und nach dem Schlafen, wie es die Vögel machen, dann wird wohl eine Melodie in jeder Woche sitzen – das sind nach Adam Riese zweiundfünfzig im Jahr. Und morgen fangen wir an."

„Warum nicht heute, nicht gleich? Ich hör dich so gern singen."
„Weil man solch wichtigen Vorsatz noch bedenken und beschlafen muß. Erst wägs, dann wags!"

Nun kam eine schwere Zeit für Aron Westheimer. Er mußte die Färberei und den Laden in Gang halten und sich zugleich für das Examen vorbereiten. Wenn das Welkende dem Werdenden im Wege steht, geht es nur langsam vorwärts. Aber es ging vorwärts. Rektor Hast half mit Büchern und Anweisungen, und Frau Lenchen las und lernte und wiederholte mit ihrem Mann und fand noch Zeit zu den musikalischen Übungen. Wenn er zuweilen verzagen wollte, zeigte sie ihm so viel Vertrauen in seine Kraft und sein Können, daß er mit frohem Mut an sich glaubte und mit verdoppeltem Eifer ans Werk ging. Sie hatte eine Art, die Dinge in ein Licht zu rücken, daß immer eine Helle von ihnen ausging und die Schatten verschwanden. Und wenn er zur Übung in Rektor Hast Schule eine Stunde gegeben hatte, kam er immer besonders fröhlich nach Hause. Dann stand sie wartend am Fenster, und ihre Augen leuchteten seinem Weg.
„Wie gings, Schatz?"
„Gut gings."
Und einmal setzte er hinzu, zögernd, als schäme er sich, es zu sagen: „Rektor Hast meinte heute, er war die ganze Stunde bei mir, ich sei zum Lehrer geboren."
Sie sah ihn lächelnd an. „Hat er allein das gemeint?" –
So kam das Examen heran, endlich, endlich, und ach, schon da. Und er reiste nach der Provinzialhauptstadt.
Ein heikles Ding – jedes Examen und für jedermann. Selbst dem Tüchtigsten stellen sich die kleinen krummen Schelme, die Fragezeichen, vor die Seele und werden immer größer und grinsen: Weißt du auch das? Und das? Wenn nun vielleicht? Ach, es gibt so vieles, was man nicht weiß. Ist man noch jung, so jagt man die Flaumacher leicht zurück. Aber Aron Westheimer war weder jung noch tüchtig. Und hinter seinen Fragezeichen stand auch noch die Sorge um Frau und Kinder, stand Frau Lenchen selber in banger Erwartung. Wenn es nicht glückte, mußte er sich sein Lebenlang vor ihr schämen. Aber es glückte. Er versagte zwar in einigen Fächern, aber die Herren Examinatoren hatten seinen Lebenslauf gelesen, und sein bescheide-

nes und doch so festes Wesen hatte sie für ihn eingenommen. Allen voran glänzte er in Geographie und in Kopfrechnen, und in der Probelektion hatte er ein glückliches Los gezogen. Ein Quentchen Glück wiegt auch im Examen ein Pfund Verstand auf. Er sollte in der Oberklasse das Gedicht „Heimkehr" von Vogl „behandeln", wie der Fachausdruck lautet.

Ein Wanderbursch mit dem Stab in der Hand
Kehrt wieder heim aus fremdem Land.

Aber er behandelte es nicht und nahm es nicht durch. Er erlebte das Gedicht und ließ es die Kinder miterleben. Atemlos hörten sie zu, als er ihnen einleitend von der Wanderschaft des Handwerksburschen erzählte, von seinem Drang in die Fremde, von seiner Sehnsucht nach der Heimat, und als er ihnen dann das Gedicht vorgelesen, schlicht und innig, da klopfte ihm der Schulrat auf die Schulter: „Das genügt." Bedeutete das nun etwas Gutes oder Böses?

Mit klopfendem Herzen suchte er den hohen Herrn nach der Prüfung im Gasthof auf, und als er dann nach einigen Zwars und Wenns und Inbetrachts hörte, daß er durchgekommen, wie gerne wäre er da von dannen gestürzt. Aber der Schulrat, ein Geistlicher, gab ihm erst noch einige Lehren mit auf den Weg.

„Wenn Sie nun im Amte sind, vergessen Sie mir nicht die biblische Geschichte! Ich fand oft, daß sie in jüdischen Schulen nicht genug gepflegt wird. Sie brauchen sich doch Ihrer Vorfahren nicht zu schämen. Was für ein prächtiger Scheik war Abraham! Und Moses erst und Samuel und David und Jeremias und Jesajas, was waren das für Männer!"

Endlich durfte er gehen. Da stieg er nicht die Treppen hinab, da sprang er sie wie ein übermütiger Junge mit einem inneren Jubelschrei hinunter, und sah sich dann erschrocken um, ob man ihn nicht etwa doch gehört habe.

Nun zur Post! Depesche! Nein, die Freude muß ich sehen. Mit dem nächsten Zuge fuhr er heim. Sie stand am Fenster, ein Kind auf dem Arm, und lugte hinaus, als ob sie auf ihn warte. Er winkte ihr zu und flog ins Haus. Da sah sie ihn mit einem Gesicht an, das ganz Auge, ganz Leuchten war, mit dem Brautgesicht jenes hellen Sabbaths.

„Bestanden, Lenchen, bestanden!" jubelte er ihr zu.

„Ich wußte es," sagte sie scheinbar ganz ruhig und küßte das Kind auf ihrem Arm. Und er merkte nicht, wie ihre heißen Tränen auf seine Bäckchen fielen.

Da umschlang er sie beide, Mutter und Kind, und sie flüsterte zwischen Lachen und Weinen: „Weißt du noch, die Geographiestunde? Nun ist es doch wahr geworden. Lehrer, *mein* Lehrer!"

Abendleuchten

Lieder und Bilder

Margarete und Ernst Loewenberg (1923)

Dünengräser

Durch die zitternden Dünengräser
Schau ich aufs weite, wogende Meer.
Durch die zitternden Dünengräser
Blickt die sinkende Sonne her.
Wellenschaum und Abendleuchten.
Ach, wie schnell der Tag zerrann!
Durch die zitternden Dünengräser
Blickt mein Leben mich fragend an.

Strandgut

Mein ist der Strand, so weit die Brandung schlägt,
So weit der Sturm die weißen Dünen fegt,
Ein Vogt, ein Herzog, König bin ich heute!
Es tritt mein Fuß auf unentweihten Grund,
Den rein geküßt des Meeres Wellenmund,
Und reiches Strandgut fällt mir zu als Beute.

Die Kisten da, die Kasten und die Ballen,
Die Fässer, Tonnen, nehmt sie euch, Vasallen,
Ich bin in Laune heut und euch gewogen.
Doch mir die Muschel und der Möwe Flug,
Der Dünen Leuchten und der Wolken Zug
Und das Rauschen der brandenden Wogen!

Zum Licht

Ins Meer hinaus der Leuchtturm strahlt,
Umbraust von den schäumenden Wogen.
Von Heimweh getrieben, aus fernem Süd,
Im Dunkel verflattert, verschmachtet und müd
Ein Vöglein kommt gezogen.

Es sieht das Licht, froh fliegt es heran,
Leis klirren die Eisensprossen,
Und hinunter ins Dunkel es jählings fällt,
Die Schwingen gebrochen, den Kopf zerschellt.
Zum Licht! – Wer zählt die Genossen?

Die Welle
(Zum neuen Jahrhundert.)

Den Strom hinab eine Welle zieht,
Von ferne tönen die Glocken.
Es klingt ein leises Sterbelied,
Dazwischen ein jauchzend Frohlocken.

„Und bin ich auch eine Welle nur,
Und muß ich ins Meer jetzt gleiten,
Ich lasse leuchtend zurück eine Spur,
Die glänzt durch alle Zeiten!"

Sie hebt sich, schäumt, stürzt todgeweiht,
Ein kampfesmüder Ringer.
Am Strande steht lächelnd die Ewigkeit
Und bläst sich den Sand vom Finger.

Der alte Korb

Der Frühling war gekommen, und das Haus
Ward umgekehrt, gewaschen und geputzt,
Und jeder Winkel emsig aufgeräumt.
Da kam ein alter, schuttgefüllter Korb
Vom dunklen Keller in den hellen Garten
Und lag da still im Gras, als ob er warte.

Nach einigen Tagen leuchtet es im Garten
Und glänzt und glüht in morgenlichter Pracht.
Der alte, halbzerißne, schmutzige Korb
Trägt eine Fülle goldner Krokusblumen,
Ein Nest mit einer Brut von kleinen Sonnen.
Es war ein Wunder, lieblich anzuschauen:
Die zarten, schlanken, strahlenhellen Blüten,
Der alte, schmutzige, weggeworfene Korb –
Der Frühling war gekommen, und die Sonne,
Die Sonne hatte ihn gefunden!

Frühling in der Großstadt

Ein Amselruf in den Straßen der Stadt,
Ein Grünes lugt über die Mauer –
Frühling! Frühling!
Und immer wieder packt es mich,
Jahr um Jahr,
Mit brennender Sehnsucht.
Ich fühls, wir sind von Erde geformt.
Es treibt in mir, es drängt und wühlt,
Keimhaft, knospenhaft,
Und will die Hülle sprengen.
Nun spielt der Wind
Um jeden Grashalm,
Nun atmet die Welt
In lauter Licht.
Nur ich steh im Schatten,
Im düstern Haus.
Keine Sonne, kein Himmel,
Ringsum nur Steine, Steine!
Wie Wurzeln breit ich die Arme aus
Und greif in die Luft – –
Ich wollte, ich wär ein Baum!

Die Schere

Zwickzwack! Ich lieg im Krankenhaus.
Da draußen geht des Gärtners Schere,
Des jungen Frühlings grüne Speere,
Sie fallen alle ihr zum Raub.
Zwickzwack – da liegen sie im Staub.

Was mondelang zum Licht sich sehnte,
Was tapfer trug des Winters Schwere:
Der Frühling kommt, Geduld, Geduld!
Er kam mit Schöpfersonnenhuld.
Und immer geht des Gärtners Schere.
    Zwick! Zwack!

Großstadt

Wir wohnen in der Vorstadt letztem Haus.
Noch sehn wir auf die Wiese frei hinaus,
Der Dornstrauch streckt uns seine Rosen hin,
Die Lerche grüßt uns als Frau Nachbarin,
Und aus des Wäldchens duftiggrünem Flor
Stellt sich höchsteigen uns der Kuckuck vor.
Die ganze Straße, Wiese, Moor und Flur
Ist unsern Kindern hier ein Spielplatz nur.
Sie sehn die Sonne abends untergehn,
Um schöner noch sie andern Tags zu sehn.
Sie wachsen mit dem Busch, mit Lamm und Rind
Und freuen sich mit ihnen, daß sie sind.
Rings Ruh und Stille. Nur von ferne her
Dringt oft ein wirres Brausen, dumpf und schwer,
Und giert nach unserm Frieden, quält und drückt,
Als wie ein Schicksal, das uns näher rückt.

– Wir *wohnten* in der Vorstadt letztem Haus.
Wo Busch und Wiese? Stein nur, Stein! – Hinaus!

Ein Frühlingstag

Ein leuchtender, klingender Frühlingstag!
In Blüten steht der Weißdornhag,
Der Birnbaum hinter dem kleinen Haus
Ein einziger, großer Blütenstrauß.
Und über die alten Mauern dringen
Duftwolkensprühend die blauen Syringen,
Und Drosselschlag in allen Gassen:
Still, Herz, du kannst es doch nicht fassen.

Da kriecht am Wege ein blasses Kind.
Goldfäden ins Haar ihm die Sonne spinnt,
Hat sich eine Handvoll Gras gepflückt
Und hält es fest an die Brust gedrückt
Und schaut so still vergnügt darein,
Als schlürf es all den Sonnenschein,
Als sei die ganze Blumenpracht
Allein um seinetwillen gemacht.
Ein Blütenblatt flattert auf sein Gewand:
Den ganzen Frühling hälts in der Hand.

In der Frühe

Ein blaßroter Vorhang zittert im Osten.
Dahinter schläft auf dunkeln Decken
Der junge Tag.
Wer wird ihn wecken?
Stille, Stille!
Kein Auto rattert,
Kein Zug saust vorbei.
Schlaftrunken aneinander gelehnt
Stehn die Häuser in langer Reih.
Herüber weht ein süßer Hauch.
Blüht irgendwo ein Rosenstrauch?
Ein Mann mit einer Sense kommt daher.
Wo will er hin? Wer ist es, wer?

Und in der Straßen Mitte,
Der öden Großstadtstraße,
Geht mit zierlichem Schritte
Eine Haubenlerche.
Geht hin und her und läßt sich nicht verschrecken.
– Die will ihn wecken.

Mein Land

Sie lächeln spöttisch, und sie ahnen nicht,
Was du mir bist, mein Stückchen Gartenland.
In graue Werktagsstunden leuchtet heimlich
Dein junges Grün und bunter Blumenstand.

Du lockst mich aus der engen Straßen Wirre
Ins himmelsrandumsäumte Feld hinein.
Ich grabe, pflanze, säe, und ich warte
Mit dir auf Regen und auf Sonnenschein.

Am Rain dort zieht der Fluß. Aus seinen Booten
Sich jugendhelles Lachen zu mir schwingt.
Des Lebens Traum schwebt grüßend mir vorüber.
Die Wolken wandern, und die Lerche singt. –

Einst holte sich vom heiligen Land der Pilger
Die Erde, drauf sein Haupt er sterbend barg.
Ich bin ein Pilger. Legt von meinem Lande
Ein wenig Erde mir auch in den Sarg.

Ein Schöpfungstag

Tiefschwere Nebel decken Feld und Hag.
Ein graues Meer, des Wellen leise beben.
Die Welt liegt wie am ersten Schöpfungstag,
So leer und still. Was wird empor sich heben?

Da bricht das große Licht sich mächtig Bahn
Und breitet weithin seine goldne Schwinge.
Der Flut enttauchen Wald und Wiesenplan
Und all die lieben, wundervollen Dinge.

Von irgendwo ertönt ein heller Sang,
Verhaltnes Lachen und ein heißes Bitten,
Und zögernd aus dem dunkeln Buchengang
Kommt Hand in Hand ein junges Paar geschritten.

Im Garten

Die Luft ist traum- und duftdurchtränkt,
Am Busch ein blühend Wunder hängt,
Und alle Zweige klingen.
Ein Königskind sitzt hier verbannt,
Über die Mauer blitzt sein Gewand –
    Goldregen und Syringen.

Ihr Haar ist eitel Sonnenschein,
Ihr Aug blickt wie der Himmel drein,
Was mag ihr Gruß mir bringen?
Ein Märchen wundersam beginnt.
Im Garten sitzt ein Königskind –
    Goldregen und Syringen!

Ich war zu Heidelberg Student

Wo zwischen grünen Bergen munter
Des Neckars klare Woge rauscht,
Wo in das duftige Tal hinunter
Die Burgruine sinnend lauscht;
Wo du von Kummer mußt genesen,
Wie tief er auch im Herzen brennt,
Da bin auch ich einst jung gewesen:
Ich war zu Heidelberg Student!

Was sollt ich um die Zukunft sorgen!
Verfolgt mich einst des Schicksals Neid,
Ich denk an meines Lebens Morgen,
Ich denk an dich, du rosige Maid,
An Liederschall und Becherklingen,
An Waldesduft und Rebgeländ.
Ein Wort gibt meiner Seele Schwingen:
Ich war zu Heidelberg Student!

Der Lenz kehrt immer blühend wieder,
Auf ewig fort die Jugend schwebt;
Doch traur ich nicht darum, ihr Brüder,
Vorbei! sie war doch schön gelebt.
Ihr Glück, geht alles auch in Scherben,
Hält treu bis an des Lebens End,
Und lächelnd sprech ich noch im Sterben:
Ich war zu Heidelberg Student!

Andewandrut

Es war in unserm Dorf das kleinste Hüttchen.
Und wenn wir Jungens seinen Namen hörten,
Dann lachten wir. Und sahen wir die Alten,
Wie sie so stolz in bunten Lumpen schritten,
Die Kinder, wie sie leicht den Bettelsack
Barfuß von Tür zu Türe pfeifend trugen,
Dann klang es höhnend hinter ihnen her:
„Andewandrut! Andewandrut!"

Es war das kleinste Hüttchen in dem Dorf,
So voll von Armut wie von Lustigkeit,
Und lustiger Armut dankte es den Namen.
Der ärmste Bursche hatte sichs gebaut
Aus Holz und Lehm. Nur eine Kammer drin.
Was braucht man mehr zum Wohnen, Essen, Schlafen?

Und als es fertig war, da holt er sich
Des Dorfes ärmste Dirne und die schönste.
Und lud die Freunde und die Nachbarn alle
Zum Hochzeitstanze in sein neues Heim.
Der Raum war eng, die Paare stießen sich.
Da rief er: „Halt, paßt auf, wir tanzen vor!"
Und stellte sich an die eine Wand und gegenüber
Stellt an die andre sich sein junges Weib.

Und winkt und winkt ihr zu und winkt und singt:
　„An de Wand rut, an de Wand rut,
　In de Mirre kum wi binein!"
Und tanzen fröhlich an der Wand entlang
Und treffen lachend in der Mitte sich.

Der Name blieb dem Häuschen und dem Paar,
Und bald wards mehr noch als ein Name nur.
Das Schicksal drückte hart sie an die Wand,
Und Not und Armut wollten nimmer weichen.
Doch immer fanden sich die beiden wieder
In Leichtsinn und in Lustigkeit zusammen,
Und fröhlicher als in dem kleinen Hüttchen
Ward nirgendswo getanzt, gelacht, gesungen. –
　Andewandrut! Andewandrut!

Steinklopfer

Im Kreuzweg, wo die neue Straße läuft,
Türmt sich ein Haufen großer Kieselsteine.
Und immer seh ich dort den Klopfer sitzen,
Wenn sich der Tag das Auge rötend reibt,
Und wenn ihm müd die dunkle Wimper fällt.
Viel tausendmal muß er den Hammer schwingen,
Hoch auf und nieder saust er voller Wucht.
Mit still verhaltner Kraft trotzt mancher Stein,
Doch zwingt er alle. Neben ihm im Grase
Sitzt sein Töchterchen und sammelt Steinchen.

Und immer halt es wieder, Schlag auf Schlag,
In ödem Gleichmaß all die langen Stunden,
Und immer bleibt der Haufen höhnend groß.
Du armer Kerl da! – Arm? Was sind denn wir?
Steinklopfer sind wir alle. – Wohl uns, wenn wir
Auch eine neue Straße bauen helfen,
Und wenn ein Kind um unsern Hammer spielt.

Morgen

Lichter und Schatten im Wechseltanz
Gaukeln über die goldnen Ähren.
Roter Mohn in leuchtendem Glanz
Träumt von wundersamen Mären.
Blühendes Leben in weiter Rund.
Aber tief im Halmengrund
Klingt wie Sensenklang ein Ton:
    Morgen schon,
    Morgen!

Eine Scholle

Spätherbst. Die Sonne sank, die noch im Scheiden
Um Busch und Baum ihr Goldgewebe spann,
Und eine tiefe Stille legt sich nieder,
Es hält die ganze Welt den Atem an.

Leer sind die Felder, ihre letzten Garben
Sind mit den letzten Blumen heimgebracht,
Und wieder zieht der Pflug schon seine Furche,
Die wieder neuer Saat entgegenwacht.

Die braunen Schollen ruhn in warmem Glanze,
Als quöll ein Licht empor vom Boden her.
Und mich erfaßt ein ahnungsvoll Erschauern:
Einst solche Scholle sein – was willst du mehr?

Im Watt

Weit, weit am Horizonte schläft die See.
Wie Fetzen von dem Saume ihres Kleides
Sind an dem Strand die Wässerlein zerstreut.
Goldbraun erglänzt das Watt und lockt und lockt. –

Ich geh auf Meeresgrund. Wie fest der Schlick!
Kaum eine leichte Spur verrät den Fuß.
Ich freue mich der weichen Wellenlinien,
Der Möwen Tritt, der Hügelein des Sandwurms,
Des Lebens Zeichen in der weiten Öde.
Da rinnt ein Wässerlein dem Strande zu,
So klar und hell, als käm es aus den Bergen.
Ein einziger Schritt führt mich darüber hin.
Da ist ein Priel, ich wate leicht hindurch.
Da wieder einer, den muß ich umgehen,
Dort eine Muschel, halt, die nehm ich mit!
Und weiter geht es in die Einsamkeit. –
Auf Meeresgrund! Wie köstlich das Gefühl,
So war dem ersten Schiffer wohl zu Mute,
Der kühn im hohlen Baum die Fluten furchte.
Da kichert neben mir ein schmächtiges Wellchen:
Auf Meeresgrund? Der Grund trug Korn und Wälder.
Ich war dabei, als wir vom Land ihn rissen,
Als in der Sturmnacht übern Deich wir sprangen
Und unerbittlich eine Mandrank schufen.
Und ich, bläht eine zweite stolz sich auf,
Ich war dabei, als die Armada sank.
Und ich, und ich, so zischelts um mich her,
Das Fischerboot – die Jacht – den stolzen Kreuzer –
Ich half sie betten, ich, und wo sie ruhn,
Da nur ist Meeresgrund. Willst du ihn sehn? – –

Wo bin ich denn? Kam schon der Abend her?
Ein bleicher Nebel hat mich eingehüllt,
Die Wasser breiten sich; was Fetzen waren,
Wird zum Gewand, das immer größer wird.
Und höher steigt die Flut und tastet sich
An mir herauf, umstrickt mich fest und fester.
Die Möwe schrillt, doch schriller gellt mein Schrei.
Umsonst! Ich irre hin und her. Umsonst!
Und höher steigts. Da faß ich einen Busch,
Ists eine Bake? Weiter! nein, hier bleib ich.
Und krampf die dürren Blätter in der Hand.
Und seh den Wald aus meinen Kindertagen
Und suche Beeren mit der kleinen Schwester
Und hör den Kuckuck aus dem Dickicht rufen.
Wie lange leb ich noch? Und zähl und zähle.
Und Jahr um Jahr fliegt hell an mir vorüber.
Das ganze Leben, klein und große Dinge,
Ein Hungertag, ein Veilchen an der Hecke,
Geheime Qualen und verschwiegene Sehnsucht,
Als ob ein Fremder mir am Winterabend
Von sich erzählte, ich gelassen lausche
Und still nur frage: Wies wohl enden wird?

Halte, was du hast

Weit durch die Heide, über Moor und Bruch
Zog ich dahin mit froher Wanderschnelle,
Da bannte mich ein alter Wappenspruch
An eines Dorfes stiller Grabkapelle:
    Halte, was du hast.

Wer wars, der hier sich diesen Spruch ersann?
War es ein Bauer, der mit heißem Plagen
Sich Scholl auf Scholle mühevoll gewann,
Um sterbend seinem Erben bang zu sagen:
    Halte, was du hast!

War es ein Ritter, der des Kaufmanns Gut
Vom Stegreif sich mit blutigem Schwert erzwungen?
War es ein wagemutig junges Blut,
Das sich sein Lieb errang und hell gesungen:
    Halte, was du hast!

Und hielten sies auch noch so fest umspannt,
Als ob die Sonne ihnen ewig schiene,
Ein Stärkrer kam und löste ihre Hand
Und sprach mit kalter, hohnerfüllter Miene:
    Halte, was du hast!

Und setzten doch hier an des Todes Haus
Den Spruch voll Kraft und Trutz und Lebensmute?
Ich steh und sinn – und schreite weiter aus,
Und freundlich nickt der Heidezweig vom Hute:
    Halte, was du hast!

Heideweg

Des Herbstes Abendsonne überglüht
Die braune Heide, die noch einmal blüht.
Ich wandre tief durchs Kraut, und mir zur Seite
Gibt Birke und Wacholder das Geleite.
Ein Heideweg – und wie hinab ich sehe,
Dünkts mir mein Lebensweg, den ich da gehe:
Des Tages Widerwärtigkeit und Pflichten,
Die Busch an Busch sich immer mehr verdichten,
Die mich erlahmen und den Fuß umstricken
Und doch mit seinen Blüten mich erquicken.
Und unter mir, wos heimlich schwankt und bebt,
Der Seele Abgrund, dunkelüberwebt.
Fort, drüber hin in Kampf und in Geduld!
Der Birke Gruß – ein bißchen Frauenhuld,
Ein Kindeslachen und ein Freundeswort.
Und rechts und links an manchen Friedhofsort
Mahnt düsterernst mich der Wacholderstrauch,

Und irgendwo steht einer für mich auch.
So zieh ich hin und seh die Sonn verscheinen
Und weiß nicht, soll ich lachen, soll ich weinen?
Ein leichter Wind, und meine Spur verweht. –
Ob einst mein Kind denselben Weg wohl geht?

Mit dem Spaten

Herbstsonne flimmert auf welken Blättern,
Sie rieseln nieder:
Da, Mutter Erde, hast du uns wieder!
Den Spaten in der Hand
Durchwandre ich mein Gartenland
Und grabe ein,
Was sommerlang gegrünt, geblüht,
Was reiche Düfte mir gesprüht,
Und grabe Hoffen und Sehnen ein
Tief, tief.
Da, auf meiner Hand
Und unten an des Spatens Rand –
Eine Spanne vor des Grabes Nacht –
Ein Sonnenschein lacht.

Eulenspiegel

An seinem Grab zu Mölln hatt ich gestanden
Und seiner Schnurren lächelnd still gedacht.
Und wie ich abends um den Schmalsee wandre –
Der bleiche Mond schien durch den Buchenwald –
Fiel mir ein altes Wort der Mutter ein,
Wenn einen Knabenstreich wir ausgeheckt:
„Ihr Eulenspiegel, merkts Euch, Eulenspiegel
Hielt andre nie zum besten, ohne auch
Sich selber mitzunarren". – Ob das wohl stimmt?
„Ob das wohl stimmt?" hallts kichernd hinter mir,
Und aus dem dunklen Busche tritt der Schelm

Und stellt sich breit im Mondschein vor mich hin,
Langwüchsig, hager, mit dem spitzen Bart
Und grinst mich an, aus lustigen Augen zwinkernd:
„Jawohl, es stimmt, mein ehrenwerter Herr.
Ich habe stets das Wort beim Wort genommen,
Doch nahm ich auch das Leben stets beim Leben.
Ich aß, ich trank, ich liebte, haßte, fluchte.
Ich war daheim im Schloß wie unterm Galgen.
Ich machte andere lachen, doch auch weinen,
Und keiner, ob er Bauer oder Fürst,
Tat je mir weh, ders doppelt nicht gebüßt.
Der Ruhm, den nie ich suchte, folgte mir
Und krönte mir, der Narr! die Schellenkappe.
So zog ich fröhlich durch die Lande hin,
So hab ich mich ins Grab hineingenarrt,
Uns alldieweil die andern drinnen *liegen*,
Steh ich darin, jedweden Augenblick,
Wanns mir beliebt, bereit, herauszuspringen,
Wie Ihro Gnaden augenscheinlich sehen."
„Und dich doch mitgenarrt, mein lieber Till,
Da hat die Mutter also recht gehabt?"
„Ja, deine Mutter war 'ne kluge Frau.
Doch du, wen narrst denn du? Nur dich allein.
Narrst dich von einem Tag zum andern hin,
Führst andrer Leute Leben, nie dein eignes.
Das Heute sagt zum Morgen: Wenn ich dürfte!
Und Morgen klagt dem Gestern. Hätt ich doch!
Und mit dem Hätt ich, Dürft ich, Könnt ich noch einmal
Schleppst du des Lebens Gaul, du kluger Mann,
Am Schwanz dir mühsam nach dem Grabe hin.
Statt dich darauf zu setzen und zu reiten,
Daß rechts und links die Funken knisternd stieben.
Auf Wiedersehn an meinem Grabe morgen!"
Und lachend war er in dem Busch verschwunden.

Swinegel

Es ist ein Märchen nur, ein spaßiges Märchen!
Wie hab als Kind ich herzlich aufgelacht,
Hört ich von jenem wundersamen Pärchen,
Das einen Wettlauf eines Tags gemacht!

Bei Buxtehude war es auf der Heide,
Swinegel hat den Hasen schlau besiegt. –
Wie kommts, daß mir nun an der Jugend Scheide
So trüb im Sinn das lustige Märchen liegt?

Auch ich lauf Tag um Tag jetzt um die Wette;
Stolz überschau ich morgens mein Revier,
Und komm ich abends zu der alten Stätte,
Da grunzts mich höhnend an: „Ik bün all hier".

„Noch einmal und noch einmal! Immer wieder!
Ich hab noch Kraft, ich zwing dich, dummes Tier!"
Ich raff mich auf und reck die müden Glieder,
Und wieder stierts mich an: „Ik bün all hier".

So geht es durch die Heide weiter, weiter!
Und bald ists mit dem armen Hasen aus.
Swinegel aber lebt vergnügt und heiter
Und setzt sich nieder zu dem fetten Schmaus.

Es ist ein Märchen nur, ein spaßiges Märchen! –

Die Schullinde

Im engen Schulhof steht ein Lindenbaum,
Schmalästig, hoch, die Sonne sieht ihn kaum,
Und sacht nur streifen ihn des Windes Schwingen.
Um seine Blüten keine Biene schwirrt,
Nur selten kommt ein Vogel hergeirrt,
Von Wald und Garten einen Gruß zu bringen.

Doch mancher Arm um seinen Stamm sich legt,
In mancher Brust sich Frühlingsahnung regt,
Wenn schüchtern seine ersten Knospen kommen.
Und frohe Augen schaun zu ihm empor,
An seinem Fuße spielts im wilden Chor,
Und Kinderlachen hat er oft vernommen.

Am Fenster steh ich sinnend oft, gebückt,
Die heiße Stirne an das Glas gedrückt,
Und blick zum Baume hin mit stillem Warten.
Und mich ergreift ein heißer Sehnsuchtsdrang.
Hinaus! hinaus! – Horch, Kinderstimmenklang.
Und leise mahnts: Hier ist dein Wald, dein Garten.

Ferien

Die Schule ist aus! Die Schule ist aus!
So schallt es im Jubelgeschreie,
Und Knaben und Mädchen springen hinaus
Auf die Straße, in die Welt, ins Freie.

Der alte Lehrer im grauen Haar
Lehnt an der Schule Pforte:
So sah ich sie springen Jahr um Jahr,
Hört immer dieselben Worte.

Sie kommen so klein, und sie wachsen so schnell,
Und sie ziehen so leicht von dannen.
Ich komm aus der Schule! Das klingt so hell
Wie Finkenruf in den Tannen.

Und ein jedes trägt und weiß es nicht
Ein Stück meines Lebens von hinnen.
Wächst es lebendig empor zum Licht?
Verwest es im Dunkel drinnen?

So blick ich hoffend, zweifelnd hinaus,
Bis müde mir Augen und Hände.
Bald ist auch für mich die Schule aus,
Und Ferien gibts ohne Ende.

Leben

Ein Tropfen gleitet am Baum herab,
Erst langsam, zitternd, sachte, sacht,
Dann immer tiefer, schneller, schnell
Bis in der Erde dunkle Nacht.

Wo war er nur? Was blieb von ihm?
Ein Hauch, der restlos sich verliert.
Ob nicht der Baum im tiefsten Mark
Den kleinen Tropfen doch gespürt?

Die Roggenmuhme

Das Mägdlein spielt auf dem grünen Rain,
Die bunten Blumen locken.
„Nicht sieht mich die Mutter." – Ins Korn hinein
Schleicht sacht es auf weichen Socken.

„Die roten und blauen Blumen wie schön!
Die will ich zum Kranz mir winden;
Doch weiter hinein ins Feld muß ich gehn,
Dort werd ich die schönsten finden."

Und weiter eilt es. Gefüllt ist die Hand,
Da will es zurück sich wenden.
Es läuft und läuft und steht wie gebannt,
Das Korn will nimmer enden.

„Hinaus zum Rain, zum Sonnenlicht!
Wo blieb die Mutter, die süße?"
Die Halme schlagen ihm ins Gesicht,
Die Winde umschlingt ihm die Füße.

Und horch, da rauschts unheimlich bang,
Die Ähren wallen und wogen.
„Da kommt – ach, daß ich der Mutter entsprang!
Die Roggenmuhme gezogen!"

Sie kommt heran auf Windesfahrt,
Die roten Augen blitzen,
Gelb ist die Wange, langstachlicht ihr Bart,
Die Haare sind Ährenspitzen.

„Wie kommst du her in mein Revier
Und gehst auf verbotenen Pfaden?
Was raubst du meine Kinder mir,
Kornblumen und Mohn und Raden?

Weh dir!" Sie streckt die Hand nach ihm aus,
Es fühlt die stechenden Grannen.
„Nimm hin deine Blumen, und laß mich nach Haus!"
Und bebend stürzt es von dannen.

Fort, fort zur Mutter! Das Korn nimmt kein End,
Vergebens will es entwischen,
Die Roggenmuhme dicht hinter ihm rennt,
Die Ähren höhnen und zischen.

Schon fühlt es, wie ihr Arm es umschlingt.
„Erbarme dich mein, erbarme!"
Dort ist der Rain! „Oh Mutter!" – Da sinkt
Das Kind ihr tot in die Arme.

Ein verfluchter Kerl

Von Eichstädt der Bischof Mennigald,
Den tät der Böse versuchen,
Ob früh, ob spät, ob heiß, ob kalt,
Ob zum Gebet das Glöcklein schallt:
Er mußte allzeit fluchen.

„Kreuzhimmelbombensakrament,
Laßt mir die Schuh versohlen!
Ich fahr gen Rom, die Hölle brennt,
Ich tu Buß vor meinem End,
Soll mich der Teufel holen!"

Da rüstet zur Fahrt ihm, so Lehnsmann wie Fron,
Was schmackhaft und heilsam zum Leben;
Dazu mußt ihm im voraus schon
Sein Hauskaplan noch Absolution
Für hundert Flüche geben.

Und froh entgegen seinem Ziel
Trabt flott er durchs Gelände.
Am dritten Tag: „Kotz Dunnerkiel –!"
„Halt, hundert"! ruft sein Knecht, „ zu viel!
Der Vorrat ist zu Ende!"

„Schockschwerenot, so kehr ich um,
Um neuen mir zu holen,
Und fluch inzwischen grad und krumm,
Was um die Nase fliegt herum.
Potz Deibel, Dreck und Dohlen!"

Ob dann der neue ausgereicht,
Ob er bis Rom gekommen?
Ob ihm verziehn? – Vielleicht, vielleicht!
Da leider die Geschichte schweigt,
Hat keiner es vernommen.

Doch als er stirbt, stellt Satan sich
An seines Bettes Lehne,
Klirrt mit den Ketten fürchterlich:
„Ein fetter Braten, freu ich mich!"
Und fletscht die langen Zähne.

„Verfluchtes Aas!" Zur Seite springt
Der Böse mit Ketten und Banden,
Derweil sich zum Himmel die Seele schwingt. –
Ein rechter Fluch Erlösung bringt,
Macht selbst den Teufel zuschanden.

Auf der Straßenbahn

In Hitz und Frost, in Staub und Regen,
Jedwedem Wetter die Stirn entgegen,
Die Hand an der Kurbel, das Auge gespannt:
So steht der Führer auf seinem Stand.
So steht er von früh bis abends spät,
Das schwatzt um ihn, das kommt und geht,
Das stößt und drängt sich, das scherzt und lacht
Bis in die tiefe Mitternacht.
Starr blickt er hinab in der Straße Gewühl,
Er steht auf Posten, er kennt nur ein Ziel,
Wies um ihn auch hastet und wirrt und flieht:
Das nur kein Unglück, kein Unglück geschieht!
Nur einmal da draußen, da kann es geschehn,
Wo grün an der Straße die Bäume noch stehn,
Da bricht ein Lächeln die starre Ruh.
Vom Wegrand winkt fröhlich sein Weib ihm zu,
Sein Junge springt flink an die Vordertür
Und bringt ihm ein Brot und bringt ihm Bier,
Fährt jubelnd mit bis zur Endstation –
Das ist des Tages reichster Lohn.

Sei jedem, wie und wo er auch fährt,
Solch eine Strecke Weges beschert.

Fürs Vaterland

Die kleine Kirchenglocke klingt,
Zu Grab man ein altes Mütterlein bringt.

Gottlob, daß sie endlich ging zur Rast,
Sie war der Gemeinde schon lange zur Last.

Ihr Leben war doch nur Kummer und Gram,
Seitdem der Krieg ihr die Söhne nahm.

Sie waren beide ins Feld gerückt,
Nur einer kam heim, mit dem Kreuz geschmückt.

In siecher Brust den Tod er trug,
Bei seinem Begräbnis, das war ein Zug!

Da strömte das ganze Dorf herbei,
Da folgten sie alle in endloser Reih.

Der Sarg mit Blumen überstreut,
Von allen Kirchenglocken Geläut,

Die Trommel gewirbelt, die Fahne geschwenkt,
Drei Schüsse: so ward er ins Grab gesenkt.

Der Priester sprach viel von Ruhm und Ehr,
Laut schluchzten und seufzten sie ringsumher.

Und heute? Nur wenige alte Fraun
Sind hinter dem kahlen Sarge zu schaun.

Der Priester murmelt ein kurzes Gebet,
Klanglos der Schrein in die Tiefe geht.

Da tränt kein Auge, da bebt keine Hand. –
Was tat denn die Alte fürs Vaterland?

Großvater und Enkel Frank, geb. 21.11.1925 in Hamburg (1926)

Bittegrün

Kindergeschichten und
Kindergedichte

Ernst Loewenberg (Mai 1953)

Ernst Loewenberg mit seinen drei Söhnen Jakob, Frank und Joseph (März 1983)

Bittegrün

Unten in dem Keller eines hohen Hauses wohnte einmal ein kleines Mädchen. Das Haus stand in einer langen Gasse in einer großen Stadt. Und die Gasse war so eng, und der Keller so tief, daß kein Sonnenstrahl hinein konnte. Aber, wenn man an einem klaren Abend mitten auf der Straße stand und den Kopf zurückbog und gerade in die Höhe guckte, dann konnte man drei helle Sterne sehen.

„Mutter, die Sterne sind doch wunderschön!" sagte das kleine Mädchen.

Die Mutter war krank und lag im Bett. Und sie seufzte: „Ja, Kind, die Sterne sind schön, aber der Wald ist noch viel schöner."

„Mutter, was ist das, Wald?"

„Das sind ganz viele Bäume, und da wachsen so feine Blumen, und da singen die kleinen Vögel, und da – da möchte man immer sein."

„Warst du denn schon mal da?"

„Ja, als ich noch so ein kleines Mädchen war wie du, jeden Tag."

„Und warum gehst du jetzt nicht hin?"

„Es ist so weit, und ich bin zu müde zum Gehen, und das Fahren kostet viel Geld."

„Ja, das tut es", sagte das kleine Mädchen bedächtig und nickte mit dem Kopfe.

Aber nur wenige Tage später saß es selber im Wagen. Die Mutter war gestorben, und nun wurde sie hinaus auf den Friedhof gefahren, wo der Vater schon lange lag. Als das kleine Mädchen draußen die hohen Bäume und die bunten Blumen sah, dachte es, jetzt ist Mutter wieder im Wald, und heimlich pflückte es von einem Busch ein kleines Zweiglein ab und nahm es mit nach Hause.

Da stellte es das Reislein in ein Wasserglas und freute sich, daß es so grün blieb.

Aber ein paar Tage darauf, als es abends danach guckte, war es doch welk geworden, und die Blättchen hingen zur Erde. Da nahm es das Zweiglein zwischen seine beiden Hände und sagte ganz leise: „Bitte, grün!

Und im selben Augenblick stand ein kleines grasgrünes Männlein vor ihm, zog sein grünes Mützlein ab und sagte: „Da bin ich, du hast mich gerufen."

Das Mädchen erschrak erst, als aber der Kleine es so lustig anguckte, bekam es wieder Mut und fragte: „Wer bist du denn?"

„Ich bin Bittegrün, und du hast mich gerufen."

„Bittegrün?"

„Ja, Bittegrün, und was willst du von mir, kleine Dirn? Ich kann dir alles geben. Wünsch dir nur was."

Da erschrak das kleine Mädchen wieder und wußte vor lauter Freude nicht, was es sich wünschen sollte. Als es aber das kleine Männlein so fröhlich vor sich umherspringen sah, sagte es: „Ich möchte auch immer so lustig sein, wie du."

„Das kannst du sein, du kleine Dirn, du und alle Kinder in der Gasse. Ihr müßt nur immer ein bißchen Grün bei euch haben, und wenn ihr euch trefft, dann ruft ihr: Bittegrün! und wer was Grünes hat, der ist lustig, und wer nichts hat, zahlt Strafe. Verstanden, kleine Dirn?"

„Ja, lieber Mann."

„Und wenn du mal in Not bist, in Not, hörst du, dann rufst du dreimal meinen Namen, und dann bin ich da und helfe dir. Verstanden, kleine Dirn?"

„Ja, lieber Mann."

„Dann guck mal dein Zweiglein an, es ist schon wieder grün."

Und wie das Mädchen das grüne Zweiglein beguckte, war das Männlein verschwunden.

Am andern Tag lief das kleine Mädchen auf die Gasse und rief: „Jungens, Deerns, ich weiß ein neues Spiel!" Und es erklärte ihnen alles. Und so eins rief: Bittegrün, mußte das andere gleich was Grünes zeigen. Wer aber nichts Grünes hatte, der mußte eine schwere Strafe zahlen: eine Marmelkugel oder ein Bild oder einen Streichholzkasten oder sonst was. Und es war ganz merkwürdig, woher die Kinder immer das Grüne bekamen: mal von einem Grünhändler, mal von einer Blumenkarre, mal von einem Busch in den Anlagen. Und wer etwas Grünes bei sich trug, der war lustig und fröhlich, wer aber nichts hatte, der war traurig und griesgrämig.

Einmal, es war noch weit vor Weihnachten, aber es winterte schon stark, konnte das kleine Mädchen gar nichts Grünes mehr bekommen. Sein Zweiglein war längst verdorrt; die Frau, bei der es jetzt war, mochte so'n Zeug im Glase nicht leiden. Und so hatte es nichts. Und da lief es von dem Hause auf die Gasse, von der Gasse auf die Straße, von da auf die Landstraße immer weiter und weiter. Aber es war alles verschneit, kein grünes Hälmchen oder Blättchen zu sehen. Und lief weiter und weiter. Und da kam es an den Wald. O, war der schön! Da standen die Tannen im weißen Kleid wie lauter Prinzessinnen, die Hochzeit machen wollen. Und das glitzerte und schimmerte, die reine Pracht! Mit ausgebreiteten Armen lief es auf sie zu und versank in den Schnee, tiefer und tiefer. Nur das Köpfchen guckte noch oben heraus. Da war es in Not, und da rief es in seiner Angst: „Bittegrün!" und noch einmal leiser: „Bittegrün!" und zuletzt ganz leise: „Bittegrün!" Und im selben Augenblick kam das kleine grüne Männlein gesprungen, und der Schnee schmolz rings umher, und eine grüne warme Laube wuchs um das Kind auf, und lächelnd schloß es die Augen und schlief ein. Und als es sie wieder aufschlug, da hatte ein großer grüngekleideter Mann es im Arm, der sprach fröhlich vor sich hin: „Fundevogel, ich will dich der Mutter bringen, da hat sie Ersatz für unser Seliges. Bist du auch schwach und zart, im Wald wirst du schon gedeihen."

Und als er sah, daß die Kleine wach war, da fragte er: „Wie heißt du denn, mein Kind?" – Und halb noch im Traum antwortete das kleine Mädchen: „Bittegrün".

Laterne! Laterne!

Noch einmal glänzt wie Goldgeschmeide
Die Flut des Stromes leuchtend auf;
Da steigt im leichten Nebelkleide
Der Sommerabend still herauf.
Und wie er durch die Gassen schreitet,
Aufatmend jede Brust sich weitet.
Es ist, als kläng ein Friedenswort,
Und Lärm und Unrast fliehen fort.

Da kommts aus Tür und Tor gesprungen
Und ordnet sich in langer Reih,
Ein Zug von Mädchen und von Jungen,
Ein Käsehoch ist auch dabei.
Wie sie die Köpfchen drehn und wenden!
Die Stocklaterne hoch in Händen.

Dann ziehts mit feierlichem Gang
Die Straße langsam, stolz entlang:
    Laterne! Laterne!
    Sonne, Mond und Sterne!
    Meine Laterne brennt so schön!
    Morgen wollen wir wieder gehn.

Die Sonne, tief schon in den Fluten,
Hört lächelnd noch der Kinder Reihn:
„Sie kommen schon, ich muß mich sputen,"
Und zieht die letzten Strahlen ein.
Der Mond springt hinter Wolkenhaufen:
„Ich will doch heimlich mit euch laufen."
Ein Stern nur blinzelt ohne Ruh,
Dann hält er sich die Augen zu.
    Laterne! Laterne!
    Sonne, Mond und Sterne!
    Meine Laterne brennt so schön!
    Morgen wollen wir wieder gehn.

Ich schau vom Straßentor alleine
Dem Zuge nach mit trübem Sinn;
Mir ists, als zög in hellem Scheine
Dort meine eigne Kindheit hin.
Und mit ihr Traum und Frieden gehen. –
Des Lebens goldne Fäden wehen
Leuchtend weiter im schnellen Flug.
Mein Kind, mein Kind singt mit im Zug:
    Laterne! Laterne!
    Sonne, Mond und Sterne!
    Meine Laterne brennt so schön!
    Morgen wollen wir wieder gehn.

Mutschi

Es war einmal ein kleiner Junge, der hieß Mutschi. Der sagte immer: „Ich auch, ich auch!" – Wenn er durchs Fenster guckte und ein Reiter vorbeikam, rief er: „Ich will auch reiten!" Wenn er im Garten spielte und ein Vögelchen von dem Busch auf den Baum flog, klatschte er in die Hände: „Ich will auch fliegen!" Und wenn er um den Teich spazierte, in dem die kleinen Fischchen schwammen, schrie er allemal: „Ich will auch schwimmen!"

Einmal war er ganz allein im Hause. Da stellte er sich vor die Türe und knallte mit seiner Peitsche: „Hopp, hopp!" Da kam ein weißes Pferdchen hergelaufen und hatte einen goldenen Sattel auf dem Rükken. Das Pferdchen blieb vor dem Jungen stehen, kniete mit den Vorderfüßen nieder und sagte: „Sitz auf, Mutschi!"

Da sprang der Junge auf seinen Rücken und rief: „Jetzt kann ich reiten, hurra, hopp, hopp!" – und fort ging's.

Draußen an der Hecke bei dem Felde stand sein Schwesterchen. „Wohin willst du, Mutschi?"

„In die Welt, Annette, willst du mit? Komm hier ist noch Platz."

„Nein, ich bleibe lieber bei Vater und Mutter."

„Dann bleib du nur. Adjö!" Und er knallte mit der Peitsche, und das Pferdchen lief, was es laufen konnte.

Da lief es zuerst über eine große große Wiese, dann über einen ganz hohen Berg und dann durch einen dichten, dunklen Wald. Und als es aus dem herauskam, lief es durch schöne, grüne Felder, wo die roten und blauen Blumen wachsen, und dann kam wieder Wald, aber ein ganz kleiner. Die Bäumchen waren nicht höher als sonst das Gras; aber sie standen so dicht beisammen, daß man die Erde nicht sehen konnte. Das war die Heide. Und als die Bäumchen aufhörten, lag da ein hoher breiter Sandwall. Das Pferdchen trabte hinauf, ein bißchen langsam, denn es war müde, und als es endlich ganz oben war, da schaukelte sich an der andern Seite das Meer, das große, glänzende Meer.

„Jetzt kann ich nicht mehr weiter, jetzt mußt du absteigen", sagte das Pferdchen.

„Ich will aber noch weiter", schrie der Junge, „ich will!"

Hopsa! machte das Pferdchen, schlug die Hinterbeine in die Höhe, und bums, fiel der Junge hinunter und rollte den hohen Sandwall hinab und gerade ins Meer hinein.

Da kam ein goldroter Fisch geschwommen, mitten durch seine Füße hindurch. Der Junge reckte sich in die Höhe, hielt sich an der Rückenflosse fest und jauchzte: „So nun kann ich wieder reiten!"

„Schwimmen!" gurgelte der Fisch.

„Schwimmen", schrie der Junge, „das ist noch besser!" Und da schwammen sie durch das tiefe, weite Meer. Unten am Grunde guckten die kleinen Fischchen zu und tanzten vor Freude, als sie den Jungen schwimmen sahen, und oben über ihm flogen die Vögel hin und riefen einander zu. „Nun sieh doch mal, nun sieh doch mal, das ist der Mutschi!"

Und wie er immer weiter schwamm, da kam ein Schiff daher. Und vorn auf dem Schiff stand der Vater und sah ganz böse aus und guckte überall umher und fragte immer: „Wo mag nur der Junge sein?" Und als Mutschi das hörte, da sagte er zu dem Fisch: „Schnell, tauch unter, sonst sieht er mich."

Da tauchte der Fisch unter, und sie kamen bis auf den Grund, wo die weißen Muscheln glänzen und die roten Seesterne leuchten. Und Mutschi kriegte die Augen voll Wasser und wurde plitschenaß und schrie ärgerlich: „Ich will rauf, rauf, du dummes Wassertier!"

Da ging der Fisch in die Höhe, und gerade als Mutschi aus dem Wasser tauchte, flog ein großer, weiß und schwarzer Vogel daher, packte den Jungen mit seinem Schnabel, spannte die Fittiche weit aus, warf ihn auf den Rücken und flog mit ihm hoch in die Luft.

„Jetzt hab ich Flügel, jetzt kann ich auch fliegen", rief Mutschi, „juchei, nun bin ich ein Kerl!"

Und der Vogel flog immer höher, und die Sonne sank immer tiefer, und zuletzt ging sie unter. Da schwebte eine bleiche Frau in langen schwarzen Kleidern an ihnen vorbei. Das war die Nacht, die wollte nach der Erde hin. Aber sie flogen immer höher bis zu dem Mond und den kleinen Sternen.

„Guten Abend Mutschi, wo kommst du denn her?" fragten die kleinen Sterne. „Es ist ja schon so spät, du solltest schon längst schlafen."

„Ich will aber nicht schlafen, ich will fliegen, immer höher, bis in den Himmel, bis ich sehen kann, wie die Sonne an der andern Seite schon wieder rauskommt."

Da lachten die Sterne, und der Vogel sagte: „Bis in den Himmel, Junge, das kann ich auch nicht, dann flieg du nur lieber mit der Wolke."

„Dann will ich auch mit der Wolke fliegen, heda, rasch!" Und da kam eine große schwarze Wolke und nahm den Jungen in ihren Arm, ganz sacht, ganz weich. Und wie sie dahinflogen, da war es ihm auf einmal, als ob ein paar Tropfen auf seine Backen fielen, große heiße Tropfen.

„Das fühlt sich gerade an, wie Tränen von meiner Mutter", sagte Mutschi traurig.

„Ja, Junge", sagte die Wolke, „das sind auch Tränen von deiner Mutter. Ich kam gerade vorbei, als sie weinte, da hab ich sie mitgenommen. Wisch sie ab, wir kommen bald in den Himmel, und da mußt du ein reines Gesicht haben."

Da fing der kleine Junge an zu weinen und schluchzte: „Ich will gar nicht mehr in den Himmel, ich will auch die Sonne nicht sehen, ich will nur nach Hause, zu meiner Mutter will ich."

Und sobald er das gesagt hatte, da ging die Wolke immer tiefer, ganz schnell, und sieh, da lag der Junge unten in einem dichten Haselbusch im Garten.

Und vor dem Busch stand die Mutter und bog die Zweige auseinander und weinte vor Freude und rief ganz glücklich: „Da ist er ja, da ist er ja, da ist unser Mutschi!"

Und die Sonne ging gerade auf und guckte über die Hecke und lachte mit dem ganzen Gesicht.

Auf der Straße

Auf der Straße, auf der Straße,
Nirgends kann es schöner sein!
Lieber Regen auf der Straße
Als im Hause Sonnenschein.

Drinnen – eins, zwei, drei, vier Schritte,
Und die Bahn ist schon verstellt,
Immer kehrt und wieder kehren.
Aber draußen liegt die Welt!

Wege gibt es ohne Ende,
Freuden gibt es ohne Zahl.
Jeder Baum fragt: Kannst du klettern?
Jeder Stein ruft: Wirf mich mal!

Und da kommt's zum Spiel gesprungen,
Nachbars Fritz und Hans und Hein.
Auf der Straße, auf der Straße,
Nirgends kann es schöner sein!

Ecke Neckepenn

Und so war's gekommen...
Hinter dem Haus war ein Garten, und hinter dem Garten war eine Wiese. Mitten auf der Wiese war ein kleiner See, und auf dem See lag ein grünes Boot.

Die beiden Jungen hatten mit den Stühlen Kapitän und Schiff gespielt, und das Schiff war gestrandet und hatte einen großen Lärm gemacht.

Da sagte die Mutter: „Kinder, geht in den Garten und spielt, ich kann's nicht mehr aushalten. Ich wollte, der Vater wär erst wieder da."

Die Mutter war aber krank.

„Ach Mutter", sagte Hans, „wenn wir doch einmal auf einem ganz großen Schiff fahren könnten!"

Hans war der große Junge.

„Und einen ganzen Sack voll Zucker und Schokolade darauf", sagte Heinz und schmeckte mit der Zunge.

Heinz war der kleine Junge.

Und da gingen sie in den Garten.

Fünfmal liefen sie um das kreisrunde Beet, dreimal versteckten sie sich in einem Busch, und einmal setzten sie sich auf die Bank.

Dann gingen sie langsam hintereinander her, Hans voran, blieben an der Gartentür stehen, guckten sich um, faßten die Klinke an, guckten sich noch einmal um, öffneten die Tür und sprangen auf die Wiese. Hei, war das schön! Lauter grünes Gras, und man durfte hintreten, wohin man wollte.

„Guten Morgen, Löwenzahn! Guten Morgen, Hahnenfuß!"

Und da standen sie bei dem kleinen See.

„Guten Morgen, Entchen!"

Und da standen sie bei dem grünen Boot.

Sie durften nicht hineinsteigen, das wußten sie; aber anfassen durften sie es wohl.

„Ach, wenn man doch einmal eine ganz weite Reise machen könnte", sagte Hans, „nach Afrika, nach Amerika, oder nach Blankenese! Ach, wär das schön!"

Da schrien helle, wilde Knabenstimmen: „holl (halt) faß, (fest) holl em faß!"

Und über den Graben herüber sprang ein weißgraues Häslein, quer über die Wiese und mitten in das Boot hinein.

Die schreienden Jungens hinterdrein.

„Rettet mich! rettet mich!" rief das Häslein und sah die Kinder mit großen, angstvollen Augen an. Da sprangen sie in das Boot hinein, Hans und Heinz, banden es los und faßten jeder ein Ruder an. Und das Häslein stellte sich an das Steuer, drehte es mit der rechten Vorderpfote, und das Boot ging vorwärts, immer weiter und weiter. Erst über den kleinen See, dann vom See in ein Bächlein, vom Bächlein in den Fluß und vom Fluß in den Strom.

Und die beiden Jungen guckten gar nicht auf. Gras und Büsche und Bäume und Häuser liefen an ihnen vorbei, immer schneller und immer weiter. Dann leuchtete es plötzlich hell auf und schäumte und rauschte.

„Jetzt bin ich gerettet", sagte das Häslein.

Und da guckten sie auf.

„Wo sind wir denn?" fragten sie.

„Im Meer, in dem großen weiten Meer."

„Und wohin sollen wir denn?"

„Zum König Ecke Neckepenn auf der Düneninsel."

Da guckten sie das Häslein genauer an. Und Heinz sah, daß es ein Ei unter dem Halse trug und mit dem Kinn festhielt.

„Bist du der Osterhase?" fragte er.
„Nein, der bin ich nicht."
„Du hast aber ein Osterei."
„Das ist kein Osterei. Seht her! Es ist ganz grau und hat braune Flecken und sieht aus wie ein Möwenei, aber mitten herum läuft ein ganz feiner goldener Reif. Das ist ein Königsei, und ich bin ein Königshase!"
„Was ist das, ein Königshase? Erzähle doch!"
„Mitten im Meer liegt die Düneninsel, und auf der Düneninsel am Strande steht eine kegelrunde Düne, so hoch, daß die Wolken ihr einen Kuß geben, wenn sie darüber ziehen. Und in der Düne wohnt der Strandkönig Ecke Neckepenn. Er ist kaum so groß wie ihr, aber alle die Unterirdischen, die kleinen, flinken Höhlenzwerge, müssen tun, was er sagt. Und wenn er wütend wird, dann kommen wilde Stürme, und das Meer braust und schäumt, und die Schiffe gehen unter."
„Ist er jetzt auch wütend?" fragte Hans.
„Jetzt ist er sehr wütend."
„Müssen wir denn auch untergehen?"
„Wir nicht, wir tragen ja das Königsei."
„Muß Vater denn untergehen, der mit dem Schiff von Amerika kommt?"
„Das weiß ich nicht."
„Ach nein, nein! Und warum ist denn König Ecke Neckepenn so wütend?"
„Weil man ihm das Königsei fortgenommen hat. In dem Königsei steckt ein Prinz oder eine Prinzessin. Jeden Tag wurde es in die Sonne gelegt, und die Möwe flog darüber hin und her, und die Heidelerche sang dem kommenden Königskind ihr Lied. Wir Königshasen aber sprangen um es herum und machten unsere schönsten Männlein. Da gab es eines Tages auf einmal einen Knall, wie wenn eine hohe Welle sich überschlägt, und die Möwe fiel tot nieder ins Meer. Und die Heidelerche flog davon, und ich sprang in eine Schlucht, und die Zwerge krochen in die Höhle, und das Königsei lag allein im Sande.

Und da stand ein großer, schwarzbärtiger Mann da und hatte eine Flinte in der Hand. Und er guckte nach der toten Möwe im Meer, und er sah das Königsei, steckte es in die Tasche und ging fort.

Aber Ecke Neckepenn kam wütend aus der Höhle. „Wo ist mein Königsei, wo ist mein Königskind?"

Und der Himmel wurde finster, und die Wolken zogen so schnell über die Düne, daß sie sie gar nicht küssen konnten. Und der Sturm kam. Die Wellen stürzten sich weißschäumend bis an die Dünen, und der Flugsand wirbelte auf und stach den Mann ins Gesicht wie hunderttausend feine Nadeln, daß er entsetzt in die tiefsten Dünentäler floh, bis dahin, wo die Menschen Häuser bauen und Ecke Neckepenns Reich aufhört. Aber Ecke Neckepenn schrie immerzu: „Mein Königsei, mein Königskind!"

Da lief ich in der großen Not hinter dem Manne her, versteckte mich im hohen Dünengras, guckte heraus, machte einen Sprung, lief dem Manne durch die Beine und ließ mich fangen.

Und da nahm er mich mit, ganz weit weg nach seinem Hause. Und er schenkte mich und das Ei seinem kleinen Töchterchen.

Und heute morgen, als es mich auf dem Schoß hatte und mit mir im Garten spielte, da sah ich das Ei im Grase liegen, drei Sprünge weit. Und da reiß ich mich los, mache die drei Sprünge in einem, nehme das Ei und fort, fort, fort! Das Mädchen schreit auf, die Jungens hinter mir her, ich über die Hecke, den Graben, auf die Wiese, – und da habt ihr mich gerettet."

„Und jetzt?"

„Jetzt fahren wir nach Ecke Neckepenn, und ihr sollt reich belohnt werden."

Und das Boot mit dem Königshasen, dem Königsei und den beiden Jungen flog schnell wie der Wind übers Meer, haushoch und abgrundtief; doch kein Tröpflein Wasser kam hinein, es trug ja das Königsei.

Aber Ecke Neckepenn stand vor seiner Dünenhöhle am Strand und war noch immer wütend. Und er schrie laut auf, und der Sturm schrie noch lauter, und er sprang die Düne auf und ab, und die Wogen sprangen noch höher und tiefer.

Weit in der Ferne, wo der schwarze Himmel auf dem schwarzen Wasser lag, kam ein Schiff daher.

„Das soll mir Bruch und Buße zahlen!" schrie er und pustete mit beiden Backen.

Und als er gerade einen Atem voll ausgepustet hatte, da flog das grüne Boot um die Ecke, und der Königshase rief: „Wir haben es! Gerettet, gerettet!"

Und die drei stiegen ans Land, und der Königshase erzählte, wie es gekommen war.

„Und diese beiden Menschenmännlein haben dir geholfen?"

„Diese beiden wackeren Jungens."

„Dann muß ich sie wohl belohnen?"

„Das mußt du wohl, du bist ja ein König."

„Nun gut. So habt ihr drei Wünsche frei. Aber erst will ich euch mein Schloß zeigen und der Königin das Ei bringen."

Aber Hans, der große Junge, guckte mit bangem Gesicht übers Wasser.

„König Neckepenn, da hinten schaukelt ein Schiff, und ich glaube, es will untergehen."

„So laß es untergehen!"

„Aber auf dem Schiff sind Menschen."

„So laß sie untergehen!"

„König Neckepenn, aber auf dem Schiff ist vielleicht mein Vater. Rette ihn, o rette ihn!"

König Neckepenn machte ein finsteres Gesicht.

„Rette ihn, höre, wie der Sturm saust, höre den Schrei, das war seine Stimme. Rette ihn!"

„Rette!" bat der Hase. „Sieh wie das Königsei glänzt."

Da lächelte Ecke Neckepenn vor Freude, und die Sonne brach durch die Wolken, ein heller Schein flog übers Meer, und es glättete sich und ward ruhig.

„Danke schön! Ecke Neckepenn!" sagte Hans.

„Bitte schön", sagte Ecke Neckepenn, „aber der erste Wunsch ist nun erfüllt. Jetzt habt ihr nur noch zwei. Kommt!" Und sie gingen in das Königsschloß. Zuerst war es darin dunkel wie die Nacht. Sie kamen durch einen tiefen, finsteren Gang, der gar kein Ende nehmen wollte.

Dann ward es dämmerhell.

„Wir sind im Muschelsaal", sagte der Hase.

Und als Heinz und Hans sich umsahen, da waren die Wände aus lauter Muscheln, aus großen und kleinen, aus runden und spitzen, und von allen Seiten glitzerten sie blau und weiß und rot und gelb. In der Mitte des Saales standen in einem Kreis kleine Sessel aus grünen Muscheln, und in der Mitte der Sessel stand ein Thron aus einer einzigen großen purpurroten Muschel, und vor dem Thron standen zwei große Dünendisteln, die leuchteten in graublauem Schimmer.

Und sie gingen weiter, und es ward noch heller, so hell wie bei Sternen- und Mondenschein. Von den Decken, von den Wänden und Türen glänzte und schimmerte es. Überall hingen fünf kleine rötliche Streifen, die wie Finger nach allen Seiten gespreizt waren, aber da, wo sie zusammenliefen, glänzte ein Edelstein, so hell und so groß wie ein Stern. Und der Stern mitten in der Decke war größer und heller als alle anderen.

„Das ist der Seesternsaal", sagte der Königshase. Und dann ward es hell wie der Tag.

Nicht wie bei hellem Sonnenschein, nein, so wie wenn die Sonne sich einen leichten weißgrauen Wolkenschleier vorgesteckt hat. Alle Wände und alle Tische und Stühle und Schränke waren mit feinen weißen Perlen verziert. Das waren die Tränen, die die Mütter und Frauen um untergegangene Schiffer geweint hatten. Es waren viele hunderttausend Perlen in dem Perlensaal.

Und in der Ecke des Zimmers lag eine ganz große blauweiße Perle, und in der Perle lag die Königin.

Sie war krank vor Kummer und schlief.

Da trat Ecke Neckepenn an ihr Bett: „Wach auf, Frau Königin, das Königsei ist wieder da!"

Da schlug die Königin die Augen auf, und als ihr Ecke Neckepenn das Ei gab, da sah sie es so warm und so leuchtend an, daß die Schale auseinander sprang, und mitten darin lag die kleinste, schönste Prinzessin von der Welt.

„O, wie schön!" riefen Hans und Heinz.

Und da gewahrte die Königin die beiden Jungen.

„Wer sind die?" fragte sie erschrocken und versteckte schnell die Prinzessin in die Perle.

Und Ecke Neckepenn erzählte ihr alles.

Und der Königshase stand dabei und nickte: „Ja, so ist es, das sind zwei echte Kerle, der Hans und der Heinz."

„Sind sie schon belohnt worden?" fragte die Königin.

„Sie haben noch jeder noch einen Wunsch", sagte Ecke Neckepenn. „Nun wünscht doch, aber erst seht euch einmal um, und nicht bloß zur Seite, auch gerade aus."

Und als sie geradeaus sahen, da war es, als ob sie durch eine dünne, helle Glaswand auf den Meeresgrund guckten. Und hinter der Glaswand blühten die schönsten Rosen, die sie je gesehen, da funkelten glänzende Steine, und da schwammen bunte Fische, und noch weiter, ganz hinten, da waren kleine schwarze Pferde mit weißer Mähne, die sprangen immer auf und ab.

„Das sind meine Wellenpferde", sagte Ecke Neckepenn, „und wenn ich sie wütend anschreie, wachsen sie haushoch. Nun wählt euch, Kinder!"

„Ich möchte mal auf einem ganz großen, großen Schiff fahren", sagte Hans.

„Soll geschehen", sagte Ecke Neckepenn. „Und du, Kleiner?"

Da sprang der Kleine zum Perlenbett hin, streckte die Hand nach dem kleinen Mädchen aus und sagte:

„Schenk mir das! Ich will's auch ganz weit weglegen, daß mir keiner daran kommt. Es ist so niedlich, schenk mir's doch!"

„Nein", sagte Ecke Neckepenn, „das müssen wir behalten. Aber du sollst auch eine kleine Prinzessin haben, warte nur!"

„Laß sie jetzt nach Hause gehen", bat die Königin, „sie haben eine Mutter."

Und da kam der Königshase, um sie fortzuführen.

„Adjö, Frau Königin! Adjö, Ecke Neckepenn!"

„Adjö, Kinder!"

Als sie draußen vor der Dünenhöhle standen, da hielten sie die Hand über die Augen, aber von dem Meere war nichts zu sehen. Eine himmelhohe Mauer türmte sich vor ihnen auf.

„Was ist das, Königshase?"

„Das ist das Schiff Mannigfuald, das größte Schiff der Welt; das soll euch schnell nach Hause bringen."

„Da kann man ja gar nicht raufkommen."

„Doch. Tretet hier auf den breiten Ball, beide, so!"

Sie traten darauf. Der Ball aber war ein Springball, und wie sie ihn berührten, wupps, sprang er mit ihnen in die Höhe, gerade auf das Schiff. Sie beugten sich über die Reeling.

„Leb wohl, Königshase, leb wohl!"

Aber sie konnten ihn nicht mehr sehen, und er konnte sie nicht mehr hören. So hoch war das Schiff.

Und nun guckten sie sich um.

Die Masten gingen bis in den Himmel hinein, und die Segel sahen aus wie breite weiße Wolken.

Mitten auf dem Deck stand eine große runde Badewanne, und ein Mann in weißem Kittel fuhr in einer Jolle darin umher.

„Was ist denn das?" fragten die Kinder.

„Das ist die Suppenschüssel", sagte der kleine Schiffsjunge. Der Koch fischt jetzt die Klöße raus; ich muß sehen, daß ich was mitkriege."

Fort war er.

Da kam ein Mann aus der Takelage gestiegen, mit schneeweißem Haar und schneeweißem Bart.

Der Obermaat guckte ihn forschend an.

„Ah, du bist es, Haik Haulke! Bist alt geworden. Da du raufstiegest, war dein Haar noch hellblond."

„Es ist ein langer Weg", sagte Haik Haulke müde, und strich sich langsam den Bart.

Dann trat er und der Obermaat schnell an die Seite, und die Kinder sahen sich erschrocken um.

Pferdegetrappel erscholl in der Ferne und kam näher und näher.

Und da sauste es daher, hoch zu Roß.

„Wer war das?" fragten die Kinder ängstlich.

Da stand der Schiffsjunge wieder hinter ihnen und kaute mit beiden Backen.

„Das war der Kapitän", sagte er, „der gibt seine Befehle nur zu Pferde, und weil das Schiff so groß ist, muß er im Galopp von einem Ende zum anderen reiten."

„Hiew Anker, Braß vull!" ertönte es da dumpf.

Und die Ketten klirrten, und die Segel blähten sich, und das Schiff raste davon.

Wo ist die Düne? Fort. Wo ist die Insel? Verschwunden. Die Seehunde stürzen sich erschrocken von der Sandbank ins Meer, da springt ein Leuchtturm vorbei, und da ist schon das Land.

Wieder saust der Kapitän vorüber.

„Seil (Segel) nieder! Fall Anker! Stopp!" Und das Schiff stand handbreit vom Ufer wie ein Pferd, das im schnellen Galopp mit einem Ruck zum Stehen gebracht wird.

Der Kapitän winkte dem alten Matrosen und kam auf die Kinder zu.

Diesmal zu Fuß.

„Haik Haulke", sagte er, „deine Zeit ist um, du hast mir treu gedient. Hier, nimm deinen Lohn und bring mir die Jungens nach Hause."

Und er gab ihm einen Beutel, schwer von Gold. Haik Haulke nahm ohne weiteres die beiden Jungens, den großen unter den rechten Arm, den kleinen unter den linken, setzte sich rittlings auf die Strickleiter, schlug die Beine darum und rutschte schnell wie der Wind hinunter und just in das kleine grüne Boot, das hinten am Heck befestigt war. Und nun ruderte er davon. Von dem Meer in den Strom, von dem Strom in den Fluß, von dem Fluß in den Bach, von dem Bach in den kleinen See, der da mitten auf der Wiese war, hinter dem Garten bei dem Haus.

„Hurra, da sind wir!" Und Hans und Heinz sprangen aus dem Boot auf die Wiese und liefen in den Garten und guckten sich nicht einmal nach ihrem Fährmann um.

„Sind Jungens", sagte Haik Haulke und fuhr langsam zurück.

Hans und Heinz aber stürmten ins Haus hinein.

„Mutter, da sind wir! Und das Schiff! Und Ecke Neckepenn, Mutter! Und die Königin! Und das Schiff! O, Mutter!"

Da trat ihnen die alte Wärterin entgegen.

„Stille! Stille! Wo wart ihr denn? Der Vater ist auch wieder da. Aber die Mutter ist nicht wohl und liegt zu Bett. Kommt mal her, ganz leise, leise, ihr sollt euer Wunder sehen. Stille!"

Und sie gingen ganz leise in die Kammer. Und da lag die Mutter im Bett und hatte ein kleines Mädchen im Arm, ein Schwesterchen, das war gerade so klein und so fein wie die Prinzessin im Dünenschloß. Und die Mutter drückte es an sich, und ihre Augen leuchteten. Und der Vater stand daneben. Und seine Augen leuchteten auch.

Ännchens Himmelfahrt

In Hut und Mantel, kleines Ännchen?
Wohin soll denn die Reise gehn?
Was schaust du immer nach dem Himmel?
Man kann nicht in die Sonne sehn.

„Ich nehm mir die große Leiter
Und steig zum Himmel fix hinauf.
Ich will den lieben Gott besuchen,
Dann mach ich flink die Sonne auf.

Dann guck ich in sein schönes Zimmer:
Gu'n Tag, du lieber Herrgott du!
Er schenkt mir was. Dann sag ich: danke!
Und mach die Sonne wieder zu."

Die Sonnenblume

Es war ein böses Wetter. Der Sturm sprang mit lautem Hallo auf die Bäume, zerrte sie hin und her und riß ihnen die letzten Blätter von den Zweigen.

„Daß mir die Kinder bei dem Wetter im Hause bleiben!" sagte der Förster.

Die Försterin nickte und setzte hinzu: „Der Hexenmeister ist los."

Und die Jungen sprangen ans Fenster, preßten das Gesicht an die Scheiben und sahen mit Sehnsucht und Grausen in den Wald hinaus. Wie das schwankte und wankte, wie das rauschte und pfiff und knatterte!

Das kleine Mädchen stand an der Tür und wartete, bis Vater und Mutter außer Sicht waren.

Morgen ist Mutters Geburtstag, dachte es, im Garten blüht auch rein nichts mehr, und ich möchte doch so gern ein Blümchen haben. Im Walde find ich gewiß noch eins. Ich weiß ja die besten Stellen, und bange bin ich gar nicht.

Und da stand es auch schon draußen. Erst ein paar zagende, leise trippelnde Schritte, und dann lief es weiter und weiter in den Wald. Die niedrigen Zweige schlugen ihm ins Gesichtchen, die Buchenbäume steckten die Köpfe zusammen und pfiffen: Wohin? wohin? wohin? und die alten Föhren schüttelten die Häupter und knurrten grimmig: Zurück! zurück!

Aber das Mädchen hörte es kaum. Nur weiter, weiter. Durch Gras und Busch und Strauch. Da kam das Bächlein ihm entgegengesprungen. Bei dem find ich gewiß noch ein Vergißmeinnicht, dachte das

Kind, und eilte freudig zu ihm hin. Aber das Bächlein sang nicht und plauderte nicht wie zur Sommerzeit, es polterte und schalt: Fort, fort, fort!

„Dann find ich vielleicht an der alten Burgmauer eins. Da sind sie geschützt vor dem rauhen Nordwind." Vorsichtig schritt es über den schmalen Steg und lief nach dem grauen Gemäuer hin. Und richtig – da unter dem falben Laub leuchtete es hervor. Doch als es danach griff, hatte es ein Eidechslein in der Hand, das guckte mit glänzenden, wissenden Augen zu ihm auf. „Dich kann ich nicht gebrauchen", sagte das Kind und ließ das Tierchen wieder sacht zu Boden gleiten. Das aber schlüpfte nicht fort, sondern guckte es immer wieder an, als wollte es sagen: Bleib! bleib!

„Ich werde doch noch eine Blume finden", tröstete sich das Kind und eilte weiter. Wilder und wilder brauste der Sturm in den Kronen, aber es hörte ihn kaum. Allmählich lichtete sich der Wald, und da, wo die letzten Bäume standen, erhob sich ein Wall von gelbem, welkem Laub. Es wollte darüber klettern mit Händen und Füßen. Da fühlte es etwas Warmes und Weiches, und aus dem Laub richtete sich ein Reh auf und blieb still vor ihm stehen.

„Faulpelzchen hast geschlafen?" lachte das Kind, aber das Reh schüttelte den Kopf, und als das Mädchen an ihm vorbei wollte, stellte es sich ihm stracks in den Weg und guckte es mit großen, traurigen Augen an.

„Dummbart! Was willst du denn? Wenn du noch eine Blume wärst!" Und als das Reh gar nicht weichen wollte, legte das Mädchen beide Hände auf den Rücken des Rehs, machte einen Sprung und schoß kopfüber darüber hinweg, mitten in das Laub hinein. Als es sich wieder herausgekrabbelt hatte, war das Reh fort, und das Mädchen stand oben auf dem Wall. Hinter dem Wall lag eine weite, dürre Wiese; aber unten am Fuße des Walls, just mit dem Kopf aus dem Laub heraus, da leuchtete eine Sonnenblume.

„Endlich!" jauchzte das Mädchen, sprang hinunter, pflückte die Blume und war mit beiden Füßen auf der Wiese.

Aber im selben Augenblick sauste und brauste es heran. Und es hörte hinter sich, ganz nah, ein Rufen von Vater und Mutter und den Brüdern, doch als es sich umsah, standen da nur vier Weiden an einem Bach. Und eine schwarze Sturmwolke kam geflogen, und aus der Wolke streckte sich eine große weiße Hand, und sie packte das Mädchen und hob es empor und hui, ging es über die Wiese hinweg, hinweg über Gräben und Gruben, über Steingeröll und Felsen, und gerade hinein in einen hohen steinernen Turm, der mitten zwischen den Felsen auf einem steilen Berge stand.

Und als das Mädchen eben wieder zu Atem gekommen war, da stand ein riesengroßer Mann vor ihm mit langem weißen Haar und Bart, mit bleichem, kaltem Gesicht und roten Augen und einer roten Nase.

„Kennst du mich?" schrie er mit heiserer, rauher Stimme. „Ich bin der Hexenmeister. Dein Vater ist mein Feind, er hat mir ganze Stükken von meiner Wiese genommen und Bäume darauf gepflanzt. Der Spitzbub! Aber jetzt kann ich mich rächen."

Und er wollte das Kind anfassen, und seine Hände waren so eiskalt, daß es dem Kind schauderte, noch ehe er es berührt hatte. Und in seiner Angst streckte es wie abwehrend die Hand aus, in der es noch die Sonnenblume hielt, und es schluchzte leise: „Mutter! Mutter!"

Als der Hexenmeister die Blume sah, wich er erschrocken zurück.

„Wirf das Ding da von dir!" schrie er. Aber das Kind umklammerte sie nur noch fester, und jedesmal, wenn er auf es zuging und ihm was tun wollte, hielt es ihm die Blume entgegen, und jedesmal wich er zurück. Da legte es sich aufs Bitten und wollte seine Stimme ganz weich machen. Aber das Kind lachte über den alten Knasterbart und ließ die Blume nicht, auch im Schlafe nicht.

Am anderen Tage, da Mutters Geburtstag war, wollte es nichts essen und trinken, so traurig war es.

Aber am dritten Tage schmeckte es ihm wieder, wenn auch der Hexenmeister ihm nichts anderes vorsetzte als immer kalte Suppen. Nur am Sonntag gab es auch rote Grütze.

Da saß es nun in dem hohen steinernen Turme und hatte nichts bei sich als seine Blume.

Viele Monate saß es da, und wenn es zum Fenster hinausguckte, dann sah es nichts als weite, weite Schneefelder.

Und einmal sah es steil an dem Turm hinunter. Da regte sich etwas Weißes unten im Turmgraben. Erst dachte es, der Wind triebe den Schnee in die Höhe, aber wie konnte der Wind da unten hinkommen, zwischen Fels und Turmwand? Und als es nochmals hinuntersah, da erkannte es, daß das Weiße ein großer Vogel, ein Schwan war.

Und da lief es in sein Turmzimmer zurück und holte die letzten Bröckchen aus der Suppe und warf sie hinunter.

Und der Schwan aß sie auf und guckte dankbar zu ihm empor.

Nun lief es Tag für Tag vielemal ans Fenster und schaute nach dem Schwan hinunter und warf ihm die weichen Bröckchen zu, und freute sich, wenn er sie aß und zu ihm aufsah.

Einmal stand es wieder am Fenster. Der Hexenmeister war nicht zu Hause. Ein heller Sonnenstrahl lief über die weißen Schneefelder, aber ein dunkler Schatten flog gleich hinter ihm her und wollte ihn einfangen, als ob er etwas Böses getan hätte; aber er kriegte ihn nicht.

Ach, wenn ich doch auch so schnell laufen könnte, dachte das Mädchen, immer weiter nach Vater und Mutter!

Da sah es den Schwan, und er reckte den Hals empor.

„Nein, nicht ohne dich! Dann wärst du ja ganz verlassen. Ich kann doch noch den Himmel sehen, und ich habe meine Blume bei mir. Aber du bist da unten ganz allein in dem dunklen Graben, mein armer Schwan!"

Und eine Träne fiel aus seinem Auge, gerade auf den Kopf des Schwanes.

Da breitete er die Flügel aus und hob sich aus der Tiefe und schwebte empor, höher und höher, und da war er dicht vor dem Fenster und sagte nichts weiter als. „Komm mit! Komm mit!"

Da schwang sich das Mädchen auf die Fensterbank und setzte sich auf den Rücken des Schwanes.

Leicht und sicher flog er davon – über Felsen und Steingeröll, über weite, weite Schneefelder, über eisbedeckte Seen und Ströme immer weiter, bis der Schnee verschwand und mitten im Sonnenschein eine hellgrüne Wiese lag.

Auf der Wiese stand der Michel und hütete die weißen Gänse mit ihren jungen gelben Gösseln.

„Wo kommst du denn her, lüttje Deern?" fragte er, „und was hast du da für eine große Gans?"

„Das ist keine Gans, das ist ein Schwan, aber kannst du mir nicht sagen, wo mein Vater wohnt? Er ist Förster."

„Das weiß ich nicht, lüttje Deern, aber wenn du hier bleiben und mir auf die Gänse passen willst, kann ich mal die anderen Jungens fragen. Hörst du, wie sie schreien. Die spielen Krieg da hinten. Willst du?"

„Ja, gern."
„Aber dann nimm dich vor dem Kolk da in acht. Der ist ganz tief, und keiner kann darüber gehen."
„Warum nicht? Da liegt ja doch ein Balken über."
„Aber der Balken liegt nicht fest. Wer ihn betritt, fällt ins Wasser und muß ertrinken. Wenn du von dem Hexenmeister gehört hättest –"
„Ich habe ihn gesehen."
„Ach, du dumme Deern, mach mir nichts weiß, und paß mir gut auf die Gänse und die Gösseln."

Damit lief er fort und spielte Krieg mit den andern Jungens und dachte nicht mehr an das kleine Mädchen.

Und das Mädchen hütete die Gänse und wartete und wartete auf Antwort.

Hinten auf den Feldern pflügten die Bauern, eine Lerche trillerte hoch in der Luft, gerade über seinem Kopfe, und zu seinen Füßen sahen die kleinen, feinen Gänseblümchen freundlich zu ihm empor.

Und es kam immer näher an den Kolk heran, und da stand es dicht am Rande.

Wie schwarz er aussah! Wie ein böses Auge guckte er es an. Es wollte fortlaufen, aber an der anderen Seite des Wassers standen vier Weidenbäume, zwei große und zwei kleine, und sie sahen es so traurig an, als ob sie sagen wollten: „Komm doch, Kind, hilf uns doch!"

Und da hatte es schon einen Fuß auf dem Balken, und da – den andern. Und der Schwan war dicht hinter ihm. Als es aber mitten auf dem Wege war, da fing der Balken, sich zu drehen, immer schneller und schneller, daß das Kind sich kaum oben halten konnte. Und der Himmel wurde dunkler, ein kalter Wind schauerte daher, und dicke Hagelschloßen fielen nieder.

Da sah das Mädchen sich um.

„Oh weh, der Hexenmeister! da kommt er über die Wiese!"

Mit großen Schritten eilte er heran. Schon stand er auf dem Steg und wollte nach dem Kinde greifen, da flog der Schwan in die Höhe, schlug mit den Flügeln in sein Gesicht, er schwankte und stürzte in die Tiefe. Doch auch das Mädchen war so erschrocken, daß es fehltrat und ins Wasser fiel. Aber es war nah am andern Ufer. Und der eine Weidenbaum beugte sich über das Kind und fing es mit seinen langen Zweigen auf, und als das Mädchen die Augen aufschlug, da lag es in den Armen der Mutter. Und der Vater und die beiden Brüder standen neben ihm.

„Wo ist der Hexenmeister?" fragte es bange.

„Der ist in dem Wasser ertrunken", sagte der Vater. „Er hat uns alle verzaubert, als wir dich suchen gingen, du böses Kind, aber jetzt ist alles wieder gut."

„Und wo ist mein Schwan?"

Da trat ein schöner junger Königssohn hinter dem Vater hervor, und seine blonden Locken glänzten in der Sonne noch heller als die Krone auf seinem Haupte.

Und er gab ihm die Hand und küßte es und sagte: „Deine Tränen haben mich aus der Macht des bösen Hexenmeisters erlöst. Du sollst meine Frau werden. Willst du auch?"

„Ja", sagte das Mädchen, „aber erst muß ich meiner Mutter die Blume geben, die ich ihr zum Geburtstag gepflückt habe."

Und es reichte ihr die Sonnenblume, die es noch immer in der Hand hielt.

An der Straßenecke

An der Straßenecke, in der Häuser Gedränge,
In der Großstadt wogender Menschenmenge,
Inmitten von Wagen, Karren, Karossen
Ist heimlich ein Märchenwald entsprossen,
Von leisem Glockenklingen durchhallt:
Von Weihnachtsbäumen ein Tannenwald
Da hält ein Wagen, ein Diener steigt aus
Und nimmt den größten Baum mit nach Haus.
Ein Mütterchen kommt und prüft und wägt,
Bis endlich den rechten sie heimwärts trägt.
Verloren zur Seite ein Stämmchen stand,
Das faßte des Werkmanns rußige Hand.
So sah ich einen Baum nach dem andern
In Schloß und Haus und Hütte wandern,
Und schimmernd zog mit jedem Baum
Ein duftiger glänzender Märchentraum. –

Frohschaukelnd auf der Zweige Spitzen
Schneeweißgeflügelte Engelein sitzen.
Die einen spielen auf Zinken und Flöten,
Die andern blasen die kleinen Trompeten,
Die wiegen Puppen, die tragen Konfekt,
Die haben Bleisoldaten versteckt,
Die schieben Puppentheaterkulissen,
Die werfen sich mit goldnen Nüssen,
Und ganz zuhöchst, in der Hand einen Kringel,
Steht triumphierend ein pausbackiger Schlingel.
Da tönt ein Singen, ein Weihnachtsreigen –
Verschwunden sind alle zwischen den Zweigen.
Doch am Tannenbaum hängt, was in Händen sie trugen.
Ein Jubelschrei schallt, und von unten lugen
Mit Äuglein, hell wie Weihnachtslichter
Glückselig lachende Kindergesichter.

Weihnachten bei den Großeltern

Heut Abend, als wir zu euch gingen,
Da war in der Luft ein leises Klingen,
Da war ein Rauschen, man wußt' nicht woher,
Als ob man in einem Tannenwald wär,
Da huschte vorüber und ging nicht aus
Ein heimliches Leuchten von Haus zu Haus.
Der Mond kam über die Dächer gesprungen:
"Wohin noch so spät, ihr kleinen Jungen?
Ihr müßt ja zu Bett, was fällt euch ein?"
Und lachte uns an mit vollem Schein.
Da lachten wir wieder: "Du alter Klöner,[*)]
Heut Abend ist alles anders und schöner,
Und glaubst du's nicht, kannst mit uns gehn,
Da wirst du dein blaues Wunder sehn."
Da sprang er leuchtend uns voran,
Bei diesem Hause hielt er an.
Wir gingen hinein mit froher Begier
Und Klingen und Rauschen und Leuchten ist hier.

[*)] Klöner, niederdeutsch = Schwätzer.

Jakob Loewenberg (ca. 1926)

Von ihren Leuten wohnt hier keiner mehr

Zum Heimatdorf war ich nach langer Trennung
Mit meinen beiden Knaben froh gewandert.
„Das, Jungens, sind die Straßen, drin ich spielte,
Das ist das Haus, in dem ich groß geworden,
In dem es Brot und Prügel gab und Küsse.
Das ist der Baum, auf den ich kühn geklettert,
An dem ich mir die Hosen oft zerrissen,
Als ich ein Knirps, ein Schlingel war wie ihr."
Sie sehen mich mit fremden Augen an
Und fragen still: Ist's wirklich wahr denn, Vater?
Bist du einmal so klein wie wir gewesen? –

Und suchend zieh mit ihnen ich durch's Dorf.
Aus jeder Tür, aus jedem Hof und Garten
Springt die Erinnerung grüßend auf mich zu,
Und alles lebt, was einst mit mir hier lebte.

Da nahn wir uns dem kleinen Gotteshaus.
Wie fremd schaut es mich an! Die Mauerpforte,
Die sonst stets offen stand, ist fest geschlossen.
Wie ich mich gegen sie auch stemm, sie weicht nicht,
Ein alter Bauer geht vorbei und sagt:
„Von Ihren Leuten wohnt hier keiner mehr."
Die Jungen sehn mich fragend, bittend an,
Da helf ich ihnen auf die Mauer klettern
Und springe selber in den kleinen Hof.
Brennesseln, Disteln halten mich gefangen,
Daß ich zur Türe mir den Weg muß bahnen,
Auch die verriegelt, fest, trotz allen Rüttelns. –
Von Ihren Leuten wohnt hier keiner mehr. –
Und während ich des Wortes denk und sinne,
Da kommen sie gegangen, still andächtig,
Die Männer, Frauen und der Kinder Schar.
Ich muß sie kennen, nein, ich kenn sie nicht.
In fremder Tracht, gebückt, in scheuer Angst,
Den Mund verbissen, doch die Augen hell,

Wie tiefster Sehnsucht voll nach Licht und Leben,
So gehen sie daher in langer Reihe,
Geschlechter um Geschlechter, still vorüber.
Und endlich, ja die kenn ich, jung und alt,
Und groß und klein, auch dich und dich und dich
Und alle ziehen zu der Tür hinein.
Und drinnen fängt ein Summen an und Singen.
Und ganz zuletzt kommt auch der Vater her,
Mit seinem schweren, müden Sorgenblick,
Und mit dem hellen Angesicht die Mutter.
Ich beuge mich, als sollten sie mich segnen. –
Und als ich aufschau, ist die Türe zu,
Und von der Mauer tönen helle Stimmen:
Komm, Vater, komm! Wir wollen weitergehn.

Bibliographie

Jakob Loewenberg: Werke

Über Otway's und Schiller's Don Carlos. Dissertation, eingereicht zur Erlangung der philosophischen Doktorwürde an der Universität Heidelberg. Lippstadt: Staats 1886.
Gedächtnisrede auf Kaiser Friedrich III. gehalten in der öffentlichen Trauerfeier der Henry Jones-Loge des U.O.B.B. am 24. Juni 1888. Hamburg: Goldschmidt 1888.
Gedichte. Norden: Hinricus Fischer Nachfolger 1889.
Vor dem Feind. Trauerspiel in 5 Aufzügen. Altona, Leipzig: Reher 1890.
Lieder eines Semiten. Hamburg: Goldschmidt 1892.
In Gängen und Höfen. Eine Hamburger Erzählung. Hamburg: Goldschmidt 1893.
Neue Gedichte. Hamburg: Glogau 1895.
Aus jüdischer Seele. Gedichte. Hamburg: Glogau [1901].
(Hrsg.:) Vom goldnen Überfluß. Eine Auswahl aus neuem deutschen Dichtern für Schule und Haus im Auftrage und unter Mitwirkung der Literarischen Kommission der Hamburger Lehrervereinigung zur Pflege der künstlerischen Bildung herausgegeben von Dr. J. Loewenberg. Leipzig: Voigtländer [1902].
Geheime Miterzieher. Studien und Plaudereien für Eltern und Erzieher. Hamburg: Gutenberg 1903.
Gustav Frenssen (von der Sandgräfin bis zum Jörn Uhl). Mit einem Bildnis Gustav Frenssens. Hamburg: Glogau 1903.
Rübezahl. Ein Märchenspiel in drei Akten. Hamburg: Glogau [1903].
Deutsche Dichter-Abende. Eine Sammlung von Vorträgen über neuere deutsche Literatur. Mit einem Bildnis Detlevs von Liliencron. Hamburg: Gutenberg 1904.
Detlev von Liliencron. Mit einem Bildnis Detlevs von Liliencron. Hamburg: Gutenberg 1904.
Von Strand und Straße. Gedichte. Hamburg: Glogau 1905.
Stille Helden. Novellen. Hamburg: Gutenberg 1906.
(Hrsg.:) Steht auf, ihr lieben Kinderlein. Gedichte aus älterer und neuerer Zeit für Schule und Haus ausgewählt von Gustav Falke und Jakob Loewenberg. Köln: Schaffstein [1906].
Aus der Welt des Kindes. Ein Buch für Eltern und Erzieher. Leipzig: Voigtländer 1911.
Bittegrün. Ein Kinderbuch von Jakob Loewenberg mit Bildern von Else Raydt. Leipzig: Klinkhardt [1913].
Anerkannte Höhere Mädchenschule. Lyzeum von Dr. J. Loewenberg, Hamburg, Johnsallee 33. Festschrift zum fünfzigjährigen Bestehen der Schule 1863-1913. Hamburg: Glogau 1913.

Aus zwei Quellen [Roman]. Berlin: Fleischel 1914.
Kriegstagebuch einer Mädchenschule. Berlin: Fleischel 1916 (= Die Feldbücher).
Aus zwei Quellen. Die Geschichte eines deutschen Juden. [2. Auflage.] Berlin: Fleischel 1919.
Aelfrida. Drama in fünf Aufzügen. Hamburg: Glogau 1919.
(Hrsg.:) Die Heide. Aus deutschen Dichtungen ausgewählt von Dr. J. Loewenberg. Bielefeld, Leipzig: Velhagen & Klasing 1921 (= Deutsche Schulausgaben Bd. 182).
(Hrsg.:) Deutsche Balladen. Ausgewählt von Dr. J. Loewenberg. Bielefeld, Leipzig: Velhagen & Klasing 1924 (= Deutsche Schulausgaben Bd. 197).
Der gelbe Fleck [einaktiges Drama dieses Titels u. Erzählungen]. Berlin: Philo 1924.
Kämpfen und Bauen. Der Gedichte "Aus jüdischer Seele" vierte vermehrte Auflage. Hamburg: Glogau 1925.
Abendleuchten. Ausgewählte Gedichte. Hamburg: Glogau 1926.
Mutschi. Lustige Geschichte. Bilder von Eva Schönberg. Mainz: Scholz 1931 (= Scholz' Künstler Bilderbücher).
Süsskind von Trimberg. Fragment eines Dramas. In: Jahrbuch für die jüdischen Gemeinden Schleswig Holsteins und der Hansestädte, der Landesgemeinde Oldenburg und des Regierungsbezirks Stade. Hamburg: Ackermann & Wulff. Bd. 8, 1936.

Quellenverzeichnis

Die Gedichte der Abteilung "Aus jüdischer Seele" bieten eine Auswahl aus dem Band *Aus jüdischer Seele. Gedichte* (Hamburg: Glogau [1901]). Lediglich das vorletzte Gedicht, "Im Kreise", entstammt der dritten, vermehrten Auflage von 1911.
Die Erzählungen "Die Schwester", "Moje" und "Die schwarze Riwke" sind dem Band *Stille Helden. Novellen* (Hamburg: Gutenberg 1906), "Der Davidskolk" und "Die Geographiestunde" dem Band *Der gelbe Fleck* (Berlin: Philo 1924) entnommen.
Die Gedichte der Abteilung "Abendleuchten. Lieder und Bilder" geben einen Querschnitt aus dem Band *Abendleuchten. Ausgewählte Gedichte* (Hamburg: Glogau 1926).
Die Kindertexte der Abteilung "Bittegrün" stammen aus *Bittegrün. Ein Kinderbuch von Jakob Loewenberg mit Bildern von Else Raydt* (Leipzig: Klinkhardt [1913]) mit Ausnahme des Gedichtes "Laterne! Laterne!", das dem Auswahlband *Abendleuchten* entnommen worden ist.
Das den Band beschließende Gedicht "Von ihren Leuten wohnt hier keiner mehr" wurde abgedruckt nach der dritten, vermehrten Auflage von *Aus jüdischer Seele. Gedichte.* (Hamburg: Glogau [1911]).